CW01463787

FILM- und FERNSEH-BÜCHER aus dem
BASTEI-LÜBBE-Taschenbuchprogramm:

Peter
Lietzenburger

BASTEI
LÜBBE

DIE BRAUT
DES
PRINZEN

BASTEI-LÜBBE-TASCHENBUCH
Allgemeine Reihe
Band 13 195

Erste Auflage: November 1988

Der Text basiert auf dem deutschen Dialogbuch,
dem das Originaldrehbuch von William Goldman zugrunde liegt.
Das Drehbuch entstand nach dem Roman ›Die Brautprinzessin‹
von William Goldman.
Titelfoto und Fotos im Innenteil: Jugendfilm-Verleih GmbH
Umschlaggestaltung: Quadro Grafik, Bensberg
Satz: Fotosatz Steckstor, Bensberg
Druck und Verarbeitung:
Brodard & Taupin, La Flèche, Frankreich
Printed in France
ISBN 3−404−13195−9

Der Preis dieses Bandes versteht sich einschließlich
der gesetzlichen Mehrwertsteuer.

Stab

Regie	Rob Reiner
Produzent	Andrew Scheinman
Drehbuch	William Goldman
Co-Produzenten	Steve Nicolaides
	Jeff Stott
Produktionsmanager	David Barron
Produktionskoordination	Gillian Bates
	Bi Benton
Kamera	Adrian Biddle
Produktionsdesign	Norman Garwood
Filmschnitt	Robert Leighton
Casting (England)	Debbie Mc Williams
Casting (USA)	Jane Jenkins
Kostümdesign	Phyllis Dalton
	Jane Hamilton
Tonmischung	David John
Regieassistenten	Ken Baker
	Peter Bennett
Script-Überwachung	Ceri Evans
Spezial-Effekte	Nick Allder
Stunt-Koordinator	Peter Diamond
Musik	Mark Knopfler

Originaltitel: The Princess Bride

Dialogbuch und -regie: Lutz Riedel

Synchronisation: Berliner Synchron GmbH

Verleih: Jugendfilm, Berlin

Besetzung

Großvater .... Peter Falk
Enkel .... Fred Savage
Buttercup .... Robin Wright
Westley .... Cary Elwes
Humperdinck .... Chris Sarandon
Vizzini .... Wallace Shawn
Fezzik .... André the Giant
Iñigo Montoya .... Mandy Patinkin
Rugen .... Christopher Guest
Zauber-Max .... Billy Crystal
Valerie .... Carol Kane
Albino .... Mel Smith
Die Königin .... Anne Dyson
Yellin .... Malcolm Storry
Der König .... Willoughby Gray

Deutsche Sprecher:

Großvater	Klaus Schwarzkopf
Enkel	Tobias Thoma
Buttercup	Simone Brahmann
Westley	Nicolas Wilcke
Humperdinck	Norbert Langer
Vizzini	Andreas Mannkopf
Fezzik	Helmut Krauss
Iñigo Montoya	Joachim Tennstedt
Rugen	Lutz Riedel
Zauber-Max	Friedrich G. Beckhaus
Valerie	Ingeborg Wellmann
Albino	Tom Deininger
Die Königin	Luise Lunow
Yellin	Manfred Petersen
Der König	Helmut Heyne

Dialogbuch und Regie: Lutz Riedel

Peter Falk ist der Großvater

Er kann machen was er will — für die Deutschen bleibt Peter Falk ›Columbo‹, jener schlurfende Detektiv mit schmuddeligem Regenmantel. Doch Falk ist nicht nur für sein großes darstellerisches Talent bekannt, sondern auch für seine eindrucksvolle Stimme, die ihm schließlich die Rolle als erzählender Großvater in Rob Reiners Film eintrug.

Peter Falk wurde zweimal für den Oscar nominiert, einmal für ›Murder Inc.‹ und ein weiteres Mal für ›Pokket Full of Miracles‹ und gewann selbstverständlich Emmys, das sind die TV-Oscars, für ›The Price of Tomatoes‹ und ›Columbo‹.

Der in New York geborene und dort lebende Falk studierte politische Wissenschaften in New York, bevor er sich für eine künstlerische Laufbahn entschloß. Eugene O'Neills Off-Broadway-Produktion ›The Iceman Cometh‹ war sein erster Theatererfolg, viele weitere schlossen sich an. Er spielte in über zwanzig Spielfilmen von Regisseuren wie John Cassavetes (›Husbands‹, ›A Woman Under Influence‹) und William Friedkin (›Das große Dings bei Brinks‹), natürlich unter Wim Wenders (›Der Himmel über Berlin‹) und zuletzt in ›Cookie‹ von Susan Seidelman.

Robin Wright
ist
Buttercup

Die in Texas geborene Ron Wright spielt die wunderschöne Buttercup. Die heute in Kalifornien lebende Robin begann, wie sollte es anders sein, als Modell für Modeaufnahmen, um von dort für Fernsehshows engagiert zu werden. Dann erhielt sie die Rolle der Kelly Capwell in der Serie ›Santa Barbara‹, einer der erfolgreichsten TV-Shows in den USA, bis sie aus einer Theatergruppe heraus für ›Die Braut des Prinzen‹ geholt wurde — für diesen Job stach sie Hunderte von Konkurrentinnen in den USA und Europa aus. Auch sie wird nach ihrem Erfolg in Rob Reiners Film derzeit mit Filmangeboten überschüttet.

Cary Elwes
ist
Westley

Der Darsteller des jungen romantischen Helden Westley ist Absolvent des Sarah Lawrence College. Seine erste Filmrolle erhielt er von Regisseur Marek Kanievska für dessen mehrfach preisgekrönten Film ›Another Country‹ neben Rupert Everett und Colin Firth. Kleine Parts in den Filmen ›Oxford Blues‹ und ›Die Braut‹ folgten.

Der Durchbruch kam erst, als er den Guilford Dudley in Trevor Nunns ›Lady Jane‹ spielen durfte, der Story von Jane Grey, die als kleines Mädchen für neun Tage englische Königin war.

Direkt vor dem Beginn der Dreharbeiten an ›Die Braut des Prinzen‹ arbeitete Elwes in Deutschland. ›Maschenka‹ hieß dieser Film nach dem ersten Roman von Vladimir Nabokov, in dem er neben Irina Brooks spielt. Seit seiner Rolle in ›Die Braut des Prinzen‹ werden Cary Elwes nun viel öfter größere Parts angeboten.

Chris Sarandow
ist
Prinz Humperdinck

Der Darsteller des mächtigen Prinzen Humperdinck ist griechischen Ursprungs, wuchs aber in West Virginia auf. Er tourte lange mit den University National Players und spielte Shakespeare und Molière. In New York arbeitete er dann für Film, Fernsehen und das Theater. Am Broadway sah man ihn in den Stücken ›Two Gentlemen of Verona‹, ›Die Rothschilds‹, ›Censored Scenes From King Kong‹ und ›Marco Polo Sings A Solo‹. In Los Angeles dann spielte er in David Mamets ›The Woods‹.

Für seine erste Filmarbeit erhielt er gleich eine Oscar-Nominierung – das war ›Hundstage‹ mit Al Pacino in der Hauptrolle.

Danach war er in Filmen wie ›Lipstick‹, ›The Sentinel‹, ›Cuba‹, ›Das Ostermann-Wochenende‹, ›Fright Night‹ und der Fernsehserie ›Liberty‹ zu sehen.

Christopher Guest ist Rugen

Der sechsfingrige Sadist Graf Rugen wird ebenfalls von einem profilierten Künstler der amerikanischen Medien dargestellt. Christopher Guest war in ›Alice im Wunderland‹, ›Longriders‹, Robert Altmans ›Beyond Therapy‹ und Frank Oz' ›Der kleine Horrorladen‹ zu sehen und spielte auch in Rob Reiners erstem Kinofilm mit: ›This is Spinal Tap‹.

US-Fernseher kennen sein Gesicht bestens, diverse Fernsehserien machten ihn bekannt, besonders die berühmte Comedy-Show ›Saturday Night Life‹. Er führte selbst mehrfach Regie beim Fernsehen und schrieb für Theaterstücke die Musik (zu erwähnen ist das Stück ›Lemminge‹).

Auch wenn ihm als Vizzini in Rob Reiners Film kein allzu langes Leben beschieden ist – Wally Shawns Auftritt gehört zu den Highlights des Films.

Neben seinen ungezählten Auftritten auf Theaterbühnen und in Filmen schreibt der Schauspieler auch selbst Theaterstücke. Für Louis Malles Film ›My Dinner With Andre‹ schrieb er sich seine eigene Rolle. Das Stück ›Manhattan‹ ist von ihm, nicht zu verwechseln allerdings mit dem gleichnamigen Film von Woody Allen, in dem Wallace Shawn mitspielte. Mit Allen verbindet ihn eine lange Freundschaft, erst kürzlich war er als ›Maskierter Rächer‹ in ›Radio Days‹ zu bewundern.

Mandy Patinken ist Iñigo Montoya

Der Aristokrat Iñigo Montoya wird von einem der talentiertesten Darsteller gespielt, die Amerika derzeit hat — Mandy Patinkin, ein in Chicago geborener Amerikaner russisch-polnischer Abstammung. Er begann bereits im Alter von 14 Jahren Theater zu spielen. An der Juillard School studierte er Drama, spielte dann einige Jahre in New York und Baltimore Theater, bis ihn die Musical-Komponisten Andrew Lloyd Webber und Tim Rice an den Broadway holten, wo er in deren Musical ›Evita‹ den Che Guevara spielte, wofür er sofort einen ›Tony‹ gewann, den amerikanischen Theater-Oscar.

Er spielte weiterhin in wichtigen Musicals und Theaterstücken, auch wenn er inzwischern für seine Filmrollen berühmt geworden ist: Der Teteh in Milos Formans ›Ragtime‹, der Avigdor in Barbara Streisands ›Yentl‹ und seine Rolle in der Doctorov-Verfilmung ›Daniel‹ machten ihn zu einem gefragten Star.

André the Giant
ist
Fezzik

Der Franzose André spielt das gutmütige Monster Fezzik, das mithilft, die schöne Buttercup zu entführen, später aber als Retter den Schaden wiedergutmacht.

Der professionelle Ringkämpfer und Catcher André lebt heute in Nord Carolina, und auf den Catch-Plätzen dieser Welt ist der 250 Kilo schwere Riese bekannt wie ein bunter Hund. Im Alter von 15 Jahren verließ er Paris, um berühmt zu werden, was ihm dann auch gelang.

Der Film klopfte immer dann an, wenn ein Riese zu besetzen war. Bisher war das bei ›Micky und Maude‹ (neben Dudley Moore), ›The Six Million Dollar Man‹, ›The Bionic Woman‹ und ›The Fall Guy‹ der Fall.

Dennoch – das Ringer-Leben macht ihm mehr Spaß als der Film, und so wird man von ihm aus diesem Metier noch häufiger hören.

16

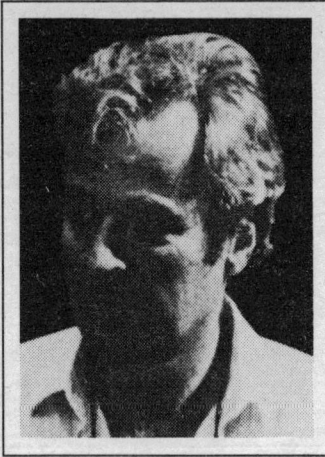

Rob Reiner
Regisseur

Der Sohn des berühmten Komikers und Komödienregisseurs Carl Reiner (der die wichtigsten Filme mit Steve Martin inszenierte) trat bereits mit seinem ersten Film in die Fußstapfen seines Vaters.

›This is Spinal Tap‹, die parodistische Dokumentation über eine mystische Heavy Metal Band war sein erster Film, und wie das häufig so geht, wird dieser Film erst jetzt, wo Reiner durch andere Filme bekannt geworden ist, in den Kinos gespielt und gewürdigt.

›The Sure Thing‹ war Film Nr. 2, eine Love-Story über zwei College-Schüler, die mit Reminiszenzen an die goldenen 30er Jahre der Komödie aufwartete, und schließlich der Super-Hit des Jahres 1985 ›Stand By Me‹, der nach anfänglichen Startschwierigkeiten zum Long-Runner wurde.

Die sensible Verfilmung einer Kurzgeschichte von Stephen King brachte dem Regisseur Weltruhm und das Budget für weitere Produktionen. Die Regisseursgilde der USA machte ihn zum ›Best Director‹, die Hollywood Foreign Press nominierte ihn für ›Golden Globes‹, und die Presse im In- und Ausland war voll des Lobes für den Regisseur.

Reiner hat selbst in vielen Filmen mitgewirkt, die Amerikaner kennen ihn am besten als Michael Stivic, den Sohn von Archie Bunker in der Serie ›All in the Family‹.

William Goldman
Romanvorlage
und Drehbuch

›The Princess Bride‹ — ›Die Braut des Prinzen‹ gehört zu den wichtigsten Märchenerzählungen der letzten 20 Jahre. Mit diesem Buch gelang William Goldman in den USA, was Michael Ende in Europa mit ›Die unendliche Geschichte‹ zustandebrachte — ein klassisches Märchen, wie es die Kinder und alle, die ein bißchen Kind geblieben sind, heute lesen möchten. Einige von Goldmans Figuren übrigens haben ihre Entsprechung in der ›Unendlichen Geschichte‹, Michael Ende ließ sich von Elementen der Goldman-Story inspirieren.

Nach dem gleichnamigen Roman ›The Princess Bride‹ von S. Morgenstern, den Goldmans Vater ihm immer wieder vorgelesen hatte, entstand schließlich die Neu-Version: „Ich entdeckte, daß mein Vater die langweiligen Teile einfach weggelassen hatte und beschloß, eines Tages aus den 'guten Teilen' ein neues Buch zu machen."

Das tat er schließlich auch, woraufhin die wichtigsten Rezensenten des Landes ihm unverzüglich die besten Zeugnisse ausstellten.

William Goldman gehört zu den besten Drehbuchautoren der USA. Kaum ein anderer kennt das harte Geschäft des Schreibens so wie er. In seinem Buch ›Das Hollywood-Geschäft‹ (Bastei-Lübbe 28134) beschreibt er von seiner Insider-Warte, was für Geschichten hinter manchen Filmen stecken — für den interessierten Kinofan eine Fundgrube von unglaublichen Informationen.

›Temple of God‹, ›Vatertag‹ und besonders ›Marathon Man‹ (›Der Marathon-Mann‹, Bastei-Lübbe 13056) waren unter Goldmans ersten erfolgreichen Drehbüchern für große Spielfilme, ›Magic‹, ›Die Brücke von Arnheim‹ und ›Masquerade‹ waren weitere wichtige Arbeiten. Weltberühmt aber machten ihn die Drehbücher, für die er schließlich mit dem Oscar ausgezeichnet wurde: ›Butch Cassidy und Sundance Kid‹ mit Robert Redford und Paul Newman sowie ›Die Unbestechlichen‹ mit Robert Redford und Dustin Hoffman, eine sensible Aufarbeitung des Watergate-Skandals, der schließlich zum Sturz von Richard Nixon führte.

Goldman, der in vielen seiner Drehbücher und Non-Fiction-Schriften hinter die Kulissen sah, ist auch ein begeisterter Anhänger des Theaters. ›Blood, Sweat and Stanley Poole‹ und ›A Family Affair‹ heißen seine beiden Theaterstücke, die am Broadway erfolgreich aufgeführt wurden.

Goldman schrieb auch ein reines Kinderbuch: ›Wigger‹.

DIE BRAUT DES PRINZEN

Diese Filmstory basiert auf der deutschen Dialogfassung, die von Lutz Riedel erstellt wurde. Das Drehbuch zum Film wurde von William Goldman geschrieben, der auch Autor des Originalromans ›The Princess Bride‹ ist, auf dem das Script basiert. William Goldmans Buch ist unter dem Titel ›Die Brautprinzessin‹ beim Verlag Klett-Cotta, Stuttgart, erschienen.

Der Junge hustete. Seit fünf Tagen lag er schon mit einer Erkältung im Bett. Zwar hatte das Fieber nachgelassen, und das Kratzen im Hals spürte er schon nicht mehr, aber dafür plagte ihn das Schlimmste, was sich ein Junge in seinem Alter überhaupt vorstellen konnte: Langeweile. Entsetzliche Langeweile.

Vor drei Tagen noch hatte ihn die Tatsache, nicht in die Schule gehen zu müssen, mit diebischer Freude erfüllt und das Fieber und die Schmerzen im Hals ohne Murren ertragen lassen. Jetzt, nachdem es ihm wieder besser ging, begann er, die Freunde und sogar die Schule zu vermissen. Ein Gefühl, das er bis dahin noch nicht gekannt hatte, wie er zu seinem eigenen Erstaunen zugeben mußte.

Ein lautes ›Plop‹ aus dem Fernseher schreckte ihn aus seinen Gedanken hoch. Eher lustlos und mechanisch drückte er auf einen Knopf der Fernbedienung, um zum zwanzigsten Mal an diesem Nachmittag das immer gleiche Videospiel zu spielen. Und wieder schlug der Baseballspieler daneben, hatte der Spielecomputer ihn geschlagen. Die ersten Male hatte er sich noch über seine eigene Ungeschicklichkeit und die gemeinen Tricks des Computers geärgert, aber inzwischen war es ihm völlig egal. Alles war ihm egal.

Es klopfte an die Tür. Seine Mutter kam ins Zimmer, trat zu ihm ans Bett.

»Tag, Schatz.«

»Tag, Mama.«

Lächelnd beugte sie sich über ihn und gab ihm einen zärtlichen Kuß auf die Stirn.

»Geht's dir etwas besser?« fragte sie teilnahmsvoll.

»Ein bißchen.«

Der Optimismus in der Stimme des Jungen klang etwas gequält.

»Weißt du was? Dein Großvater ist da!«

Diese Nachricht löste keinerlei freudige Regung im Gesicht des Jungen aus. Im Gegenteil: Mit gequältem Augenaufschlag sah er seine Mutter an. »Mama, kannst du ihm nicht sagen, daß ich krank bin?«

Die Mutter strich ihm über die Haare und sah ihn mit aufmunterndem Blick an.

»Genau. Und das ist der Grund, warum er hier ist.«

»Er wird mir in die Wange kneifen!«

Schon der bloße Gedanke daran ließ ihn schaudern. Er hatte nicht viel Kontakt zu seinem Großvater, der die Familie nur ab und zu besuchte. Er war ein sehr eigensinniger und eigenartiger Mann. Der Junge dachte darüber nach, was seinen Großvater von den Großvätern seiner Freunde unterschied. Er schien in einer ganz anderen Welt zu leben, in einer ganz anderen Zeit. Er war ein Mensch, wie ihn der Junge eigentlich nur aus alten Filmen kannte, die gelegentlich im Nachmittagsprogramm des Fernsehens gezeigt wurden. Meistens waren sie etwas langweilig und dazu noch in Schwarz-Weiß. Vor allem aber zeigten sie eine altmodische Welt, in der man sogar noch Bücher las.

Ausgerechnet!

Nichts haßte der Junge mehr als Bücher. Er konnte sich gar nicht vorstellen, daß in einer Zeit, in der man von morgens bis abends fernsehen konnte, jemand überhaupt auf den Gedanken kommen konnte, Bücher zu lesen.

Sein Großvater jedoch hatte diese seltsame Angewohnheit. Was konnte man von jemandem, der ihn zur Begrüßung jedesmal in die Wange kniff, auch anderes erwarten? Natürlich wußte der Junge — zumindest ahnte er es —, daß dies als eine zärtliche Geste gemeint war, aber dennoch haßte er diese Wangenkneiferei.

»Er wird mir in die Wange kneifen«, wiederholte er, »das hasse ich!«

Die Mutter gab ihm einen ermunternden Klaps: »Wer weiß. Vielleicht tut er's diesmal nicht.«

Bevor der Junge etwas erwidern konnte, ging die Tür auf, und der Großvater trat ins Zimmer.

»Hallo«, sagte er mit viel zu lauter Stimme, die von einer übertriebenen Geste begleitet wurde.

»Wie geht's dem Kränkling?«

Der Junge antwortete nicht und sah seinen Großvater nur stumm an, der jetzt in seinem altmodischen, abgewetzten Anzug mit großen, etwas unbeholfenen Schritten durch das Zimmer auf das Bett zuschritt.

Er wird es tun, dachte der Junge.

Der Großvater nahm den Hut vom Kopf.

Dichtes, graues Haar umrahmte den wuchtigen Kopf. Mit den buschigen Augenbrauen und dem struppigen Schnauzbart sah er immer ein bißchen ernst aus, fand der Junge.

Er wird es tun.

Bedächtig beugte sich der Großvater zu dem Jungen hinunter, seine Hand ging langsam zum Gesicht des Kindes, berührte die Wange . . . und kniff zu.

Der Junge sagte nichts, schaute seine Mutter nur mit stillen, vorwurfsvollen Augen an, die zu sagen schienen: Hab' ich's dir nicht gesagt?

Die Mutter seufzte und erhob sich:

»Ich denke, ich laß euch zwei jetzt allein.«

Nachdem sie gegangen war, faßte der Großvater in die Seitentasche seines Jacketts und holte ein mit Geschenkpapier umhülltes Päckchen hervor, das er vor den Jungen auf die Bettdecke legte.

»Ich hab' dir ein besonderes Geschenk mitgebracht.«

»Was denn?«

»Mach's auf.«

Noch bevor der Junge das Päckchen ausgepackt hatte, wußte er, was es enthielt.

»Ein Buch?!«

»Ganz richtig«, sagte der Großvater, zog einen Stuhl an das Bett des Jungen und setzte sich.

»Als ich so alt war wie du, da hatte man statt Fernsehen noch Bücher. Und das hier ist ein ganz besonderes Buch. Aus dem Buch hat mir mein Vater vorgelesen, wenn ich krank war, und ich hab's deinem Vater vorgelesen. Und heute werde ich's dir vorlesen!«

Auch das noch, dachte der Junge, aber er wußte, daß sein Großvater ebenso resolut wie eigenartig war. Wenn er sich eine Sache erst einmal in den Kopf gesetzt hatte,

ließ er sich von nichts und niemandem davon abbringen, und so fügte er sich in sein unabwendbares Schicksal.

Er hatte im Augenblick sowieso nichts besseres zu tun, und so hoffte er, daß dieses Buch nicht genauso langweilig sein würde wie die alten Schwarz-Weiß-Filme.

»Steht denn viel über Sport drin?« fragte er mehr aus Höflichkeit denn aus Interesse.

Der Großvater schob die dicke Hornbrille auf die Stirn und schaute seinen Enkel mit blitzenden Augen an: »Soll das ein Witz sein? Fechten, Boxen, Folter, Rache, Riesen, Monster, Verfolgungen, Fluchten, wahre Liebe, Wunder!«

»Klingt gar nicht so übel«, sagte der Junge etwas kleinlaut, »ich werd' versuchen, wach zu bleiben.«

»Oh, recht vielen Dank, das ist sehr nett von dir.« Die Stimme des Großvaters triefte von Ironie, was der Enkel allerdings nicht bemerkte. »Dein Vertrauen ist überwältigend. Also dann.« Er griff sich das Buch, schlug die erste Seite auf, räusperte sich und begann.

Die Brautprinzessin von S. Morgenstern. Kapitel eins. Buttercup wuchs auf einem kleinen Bauernhof im Lande Florin auf. Florin war ein ganz besonderes Königreich: Die Wiesen waren grüner, die Wälder höher und dichter, und auch die Mädchen waren hübscher als in allen anderen Königreichen. Obwohl es also in Florin von hübschen Mädchen nur so wimmelte, und eine große Anzahl von ihnen konnte man mit Fug und Recht sogar als wunderhübsch und fast vollendet bezeichnen, hatte noch niemand ein Mädchen von so vollkommener Schönheit wie Buttercup gesehen. Ihre Lieblingsbeschäftigungen waren, auf ihrem Pferd zu reiten und den Stalljungen zu quälen, der auf dem Bauernhof ihres Vaters arbeitete. Er hieß Westley. Aber Buttercup hat ihn nie so genannt.

Der Großvater hielt inne: »Ist das nicht ein wundervoller Anfang?«
    Der Junge nickte. »Ja, ist wirklich gut.«

Nichts hat Buttercup so viel Spaß gemacht, wie Westley herumzukommandieren. Obwohl dieser schon vor Morgengrauen aufstand, um die Kühe, Schweine und Hühner zu versorgen und den ganzen Tag über auf dem Feld schuftete, tat Buttercup nichts lieber, als ihm noch zusätzliche Arbeit aufzutragen. Jedesmal, wenn sie von ihrem Ausritt zurückkam, herrschte sie ihn an:

»Hör mal, Stalljunge, polier den Pferdesattel! Morgen früh soll sich mein Gesicht darin spiegeln können!«

»Wie Ihr wünscht«, antwortete Westley.

Wie Ihr wünscht, das war alles, was er jemals zu ihr sagte. Weiter nichts. Er sah sie nur mit stummer Ergebenheit an und tat, was sie von ihm verlangte. Ob sie ihm nun barsch befahl, das Holz in die Küche zu bringen, obwohl es ihre Aufgabe war, für den Herd zu sorgen; ob sie ihn aufforderte, die Wäsche zum Bach zu tragen, obgleich ihr die Mutter beigebracht hatte, daß dies ganz allein Frauensache sei − niemals kam ein Wort des Protestes über seine Lippen. Stets schaute er sie nur mit großen Augen an, sagte Wie Ihr wünscht und tat, wie ihm geheißen.

Eines Tages jedoch geschah etwas Seltsames.

Obwohl sie genau neben dem Brunnentrog stand und Westley in der entferntesten Ecke des Hofes Holz spaltete, herrschte Buttercup ihn an:

»Stalljunge, füll diese Eimer mit Wasser! . . . Bitte!« Dieses ›Bitte‹ kam ihr ohne eigenes Zutun über die Lippen, was sie sehr erstaunte.

Wie immer antwortete Westley »Wie Ihr wünscht«, schritt durch den Matsch und Morast des Hofes (Hofbefestigungen kannte man noch nicht) und füllte die Eimer mit dem kristallklaren Brunnenwasser.

An jenem Tag machte Buttercup eine erstaunliche Entdeckung: Jedesmal, wenn er ›Wie Ihr wünscht‹ sagte, meinte er eigentlich ›Ich liebe dich!‹

Und noch erstaunlicher war der Tag, an dem ihr klar wurde, daß sie ihn ebenfalls liebte.

Es war ein Dienstag, und zunächst deutete nichts darauf hin, daß sich dieser Dienstag in irgend etwas von den anderen Dienstagen in der Geschichte des Königreiches Florin unterscheiden würde. Doch plötz-

lich geschah es. Buttercup stand gerade in der Küche, genau unter dem Bord mit den großen Krügen und sagte zu Westley, der eben am Küchenfenster vorbeiging: »Stalljunge, hör mal ... hol mir bitte den Krug herunter.«

Als Westley mit seiner unendlich sanften Stimme antwortete »Wie Ihr wünscht«, da wurde ihr mit einem Male klar, daß auch sie ihn liebte, und sie konnte überhaupt nicht verstehen, weshalb sie die ganze Zeit nicht bemerkt hatte, daß sie beide füreinander bestimmt waren. Dabei war ihr durchaus bewußt, daß sie mit ihren schwachen Worten gar nicht vermochte, die Größe ihrer Liebe auch nur annähernd auszudrücken. Nur ein ganz schwacher Vergleich fiel ihr ein: Würde

man die Liebe zwischen ihr und Westley mit einem rasenden Wirbelsturm gleichsetzen, so käme die zweitgrößte aller wahren Lieben (und nur diese zählten) höchstens einem lauen Abendwind gleich.

»Moment mal, Moment mal«, meldete sich der Junge zu Wort. Ärger stand ihm ins Gesicht geschrieben: »Was soll das? Versuchst du, mich zu überlisten? Wann kommt denn der Sport?«

Er schaute seinen Großvater mit nachdenklichen Augen an, denn soeben war ihm ein Verdacht gekommen, so schrecklich, daß er ihn zunächst gar nicht auszusprechen wagte.

»Ist das etwa . . . «

Der Großvater schaute ihn erwartungsvoll an.

». . . ein Knutschbuch?«

»Wart's ab, wart's nur ab«, wehrte der Großvater ab.

»Na, wann wird's denn endlich spannend?« drängte der Junge.

»Immer mit der Ruhe, laß mich weiterlesen.«

Westley hatte kein Geld, um Buttercup heiraten zu können (Heiraten war schon damals ein großes finanzielles Abenteuer). Also packte er seine Habseligkeiten und verließ den Bauernhof, um sein Glück in Übersee zu suchen. Am Abend seiner Abreise begleitete ihn

Buttercup bis zum Gatter des Hofes. Ein leichter Abendwind wehte, und der rote Vollmond tauchte die beiden Liebenden in ein samtenes Licht, als sie sich zum letzten Male in die Arme fielen.

»Ich fürchte, ich seh dich nie wieder«, flüsterte Buttercup ihrem Westley mit angsterfüllter Stimme zu.

»Natürlich siehst du mich wieder.« Westley strich ihr zärtlich über ihr blondes Haar, dem der Schein des Mondes einen kupfernen Schimmer verlieh.

»Aber was ist, wenn dir etwas passiert?«

»Hör jetzt gut zu«, sagte er und schaute ihr tief und fest in die Augen. »Ich werde zurückkommen. Deinetwegen.«

»Aber wie kannst du so sicher sein?« hauchte sie.

»Das ist wahre Liebe. Glaubst du, so etwas geschieht jeden Tag?«

Sie sanken sich tiefer in die Arme, ihre Lippen fanden sich, und wenn es je einen leidenschaftlichen Kuß auf der Welt gegeben hat, dann war es der zwischen Westley und Buttercup am Tage ihres Abschieds.

»Das darf doch nicht wahr sein!« stöhnte der Junge auf. »Das gibt's doch wohl nicht!«

Der Großvater tat so, als habe er ihn nicht gehört und las einfach weiter.

Doch Westley sollte sein Ziel nie erreichen. Sein Schiff wurde von dem grausamen Piraten Roberts überfallen, der niemals einen Gefangenen am Leben ließ. Als Buttercup die Nachricht von Westleys Tod erhielt . . .

»Ermordet von Piraten?« Die Stimme des Jungen zeigte freudige Erregung. »Das ist toll!«

Ohne aufzublicken las der Großvater genau an der Stelle weiter, an der er unterbrochen worden war.

. . . ging sie in ihr Zimmer und verschloß die Tür. Tagelang schlief sie weder, noch aß sie einen Bissen. Als ihr Kummer sich endlich wieder soweit gelegt hatte, daß sie einigermaßen klar über ihre Zukunft nachdenken konnte, ohne sogleich vom Schmerz über Westleys Tod übermannt zu werden, faßte sie einen Entschluß.

»Ich werde nie wieder lieben«, sagte sie mit entschlossener Stimme zu dem Gesicht, das ihr mit rotgeweinten Augen aus dem Spiegel entgegenblickte.

Fünf Jahre später war der Marktplatz der Stadt Florin im Lande Florin überfüllt wie nie zuvor. Der König hatte Herolde in jeden Winkel seines Königreiches ausgesandt, die den erfreuten Landeskindern kundtaten, der große Prinz Humperdinck, Erbe und Thronfolger des Reiches, werde an jenem historischen Tage verkünden, wen er zu seiner Braut erwählt hatte. Und so strömten also an diesem Tag jung und alt nach Florin. Sogar Schafe drängten durchs Stadttor, was kurzfristig zu einem Stau führte (Staus gab es bereits, obwohl der Verkehr noch nicht erfunden war).

Schlag zwölf trat die königliche Familie auf den königlichen Balkon des königlichen Schlosses. Nachdem die Klänge des königlichen Fanfarenchores das aufgeregte Geschwätz und Geschnatter der Untertanen mit herrischen Tönen zum Schweigen gebracht hatten, trat der großgewachsene, schwarzgelockte Prinz vor und wandte sich an sein Volk (obwohl er den Königsthron zu diesem Zeitpunkt noch gar nicht bestiegen hatte, betrachtete er die Einwohner von Florin als ›sein Volk‹, denn sein Vater war alt, schwach und senil, und mit seinem Ableben war jede Stunde zu rechnen).

Mit fester und weithin hörbarer Stimme, die keines Mikrophons bedurfte (selbst wenn es ein solches damals schon gegeben hätte), sprach er:

»Mein Volk! Nächsten Monat feiern wir unser fünfhundertjähriges Landesjubiläum. Bei Sonnenuntergang werde ich eine junge Dame heiraten, die wie ihr zum gewöhnlichen Volk gehört. Aber vielleicht findet ihr ja auch, daß sie nun nicht mehr zum gewöhnlichen Volk gehört. Möchtet ihr sie kennenlernen?«

Aus tausend Kehlen scholl ihm ein freudig-erregtes ›Ja‹ entgegen, ein ›Ja‹, daß sich zu einem wahren Jubelsturm steigerte, als Prinz Humperdinck mit einer weit ausladenden majestätischen Geste auf das Portal des königlichen Schloßes wies:

»Mein Volk . . . die Prinzessin Buttercup!«

Langsam öffnete sich das schwere Portal, gleißendes Licht drang ins Freie, und angetan mit einem märchenhaften weißen Kleid schritt Buttercup mit solcher Anmut die Stufen der großen Freitreppe hinunter, daß es den meisten für einen kurzen Augenblick lang so vorkam, als schwebe sie.

Als Buttercup am Fuße der Treppe angelangt war, verstummte die Menge. Noch nie zuvor hatte jemand in

Florin eine Frau von solcher Schönheit gesehen. War sie vor fünf Jahren vielleicht schon die wunderschönste Frau der Welt gewesen, so hatten die Trauer und der Schmerz über den Verlust von Westley ihre Züge so veredelt, daß es allen, die sie an diesem Tage sahen, noch zu blaß erschienen wäre, hätte man sie als ›überirdische Schönheit‹ bezeichnet. Worte, so fühlte wohl ein jeder, waren nicht in der Lage, sie zu beschreiben, und so sanken alle Untertanen auf dem Marktplatz voll stummer Ehrfurcht vor ihrer zukünftigen Königin in die Knie.

Eine solche überwältigende Geste der Verehrung hatte es in der fast fünfhundertjährigen Geschichte des Königreiches noch nie gegeben (zumindest behaupteten dies die Geschichtsbücher des Landes). Der Stolz, der sich in des Prinzen Augen spiegelte, war also durchaus berechtigt.

Buttercup jedoch war ohne jede Empfindung.

Dem Landesgesetz zufolge hatte Prinz Humperdinck nämlich das Recht, sich einfach unter den Landestöchtern eine Braut zu wählen. Und diesem Gesetz mußte auch Buttercup sich beugen.

Doch trug sie ein Geheimnis im Herzen, das außer ihr nur Humperdinck kannte:

Sie liebte ihn nicht!

Obwohl ihr der Prinz immer wieder versichert hatte, daß sie ihn eines Tages schon lieben würde und auch unzählige Beispiele aus der Geschichte Florins aufzuzählen wußte, wie aus zunächst vollkommen unmöglich erscheinenden Verbindungen durchaus brauchbare, manchmal sogar glückliche Ehen entstanden waren, schenkte sie ihm keinen Glauben. Sie war unglücklich, und sie erhoffte auch nichts anderes mehr für sich. Nur noch eine Freude gab es in Buttercups

Leben: ihren täglichen Ausritt. Wenn sie auf dem Rükken ihres treuen Pferdes über die grünen Wiesen und durch die dichten, hohen Wälder Florins galoppierte, war ihr, als sei ihr Schicksal, das so verzweifelt schien, für kurze Momente weit entfernt und damit um vieles erträglicher.

Auch heute, nach diesem Bad in der Menge ihrer künftigen Untertanen, das sie bei aller äußeren Gelassenheit doch tief in ihrem Herzen heftig aufgewühlt hatte, suchte sie in der Natur Florins zu inneren Ruhe zu finden.

Buttercup galoppierte gerade durch einen einsamen Waldweg, der von den ersten fallenden Blättern des Herbstes und der tiefstehenden Sonne gesprenkelt war, als sie plötzlich ihr Pferd zügelte und abrupt anhielt: Vor ihr stand das seltsamste Trio, das sie in ihrem ganzen Leben gesehen hatte, und versperrte ihr den Weg.

Der erste der drei war eher ein Männlein, eigentlich schon ein Zwerg. Unter einer hohen Stirnglatze blitzten zwei listige Schweinsäuglein, die seinem südländischen Gesicht einen verschlagenen Ausdruck verliehen. Neben ihm stand ein viel größerer, ja stattlicher, fast elegant wirkender Mann mit wallendem pechschwarzen Haar und einem kriegerischen Schnauzbart. Zwei lange, wulstige Narben zogen sich über seine Wangen, ohne dabei dem Gesicht etwas von der männlichen Schönheit zu nehmen, die gegen ihren Willen sogar Buttercup bemerkte. Der dritte Mann allerdings ließ ihr den Atem stocken. Noch niemals hatte sie einen derart großen Menschen gesehen (Wenn man bedenkt, daß sich die Bewohner Florins seit Menschengedenken damit brüsteten, die größten, schwersten und dicksten

Männer der Welt in den Grenzen des eigenen Königreiches zu beherbergen, so ist dies schon eine erstaunliche Tatsache). Zwei säulenartige Beine, die aus dem
Erdboden herauszuwachsen schienen, trugen einen
Rumpf, der Buttercup sofort an ein Flußpferd denken
ließ. Gekrönt wurde diese Masse Mensch von einem
mächtigen Schädel, dessen Größe ebenso beeindruk-
kend war wie die kindliche Naivität, die sich in den
Gesichtszügen des Mannes zeigte.

Der kleinste der drei Burschen verbeugte sich höflich
und sprach sie an:

»Auf ein Wort, Mylady, wir sind arme Zirkusleute,
die sich verirrt haben. Gibt es wohl ein Dorf hier in de
Nähe?«

Obwohl der Zwerg fürchterlich lispelte und nahezu
akzentfrei sprach, hörte sie aus seiner Sprechweise
sofort heraus, daß er aus Sizilien stammen mußte.
Allein diese Tatsache und sein vordergründig zwar
freundliches, in Wahrheit aber eher verschlagen wir-
kendes Lächeln verrieten ihr, daß die drei etwas im
Schilde führten. Und wenn sie auch nicht wußte, was es
war, so war ihr doch eines klar: etwas Gutes konnte es
nicht sein.

Dennoch antwortete sie freundlich und der Wahrheit
entsprechend:

»Hier in der Nähe gibt es nichts, meilenweit nichts.«

Sie hatte diese Worte noch nicht ganz ausgesprochen, da wußte sie, daß sie recht gehabt hatte. Der Sizilianer gab dem Riesen einen kleinen Wink, und der
sagte mit breitem Grinsen:

»Dann wird sie also keiner schreien hören.«

Obwohl der Riese recht schwerfällig auf sie zukam,
war Buttercup zu keinerlei Regung fähig. Die Aus-
sichtslosigkeit der Situation lähmte ihre Sinne und

Glieder. Der Riese faßte nach ihrem Hals. Buttercup schwand das Bewußtsein.

Sie sank vom Pferd genau in die Arme des Riesen, der sie mit einer Behutsamkeit auffing, die man einem solchen Monstrum von Mann nicht zugetraut hätte. Dann trug er sie durch den Wald, bis sich die Bäume lichteten und den Blick auf ein Segelboot freigaben, das am Ufer einer in der Nähe gelegenenen Meerenge ankerte. Hier zog der Kleine ein Stück Stoff aus seinem Gewand und heftete es an den Sattel von Buttercups Pferd.

Voller Erstaunen schaute ihm der dritte Mann dabei zu.

»Was machst Du da, Vizzini?«

Ein verschmitztes Lächeln spielte um die Lippen des Sizilianers, als er antwortete: »Das hier, Iñigo, ist der Stoff einer Offiziersuniform von Guilder!«

»Wer ist Guilder?«

»Guilder ist das Land auf der anderen Seite der See und zugleich der Erzfeind von Florin«, erklärte er mit einem schulmeisterlichen, überheblichen Ton, während er Buttercups Pferd einen Schlag mit der flachen Hand verpaßte, der dieses laut aufwiehernd in Richtung Florin davongaloppieren ließ.

Vizzini schaute dem Rappen nach. Dann wandte er sich an Iñigo Montoya, dem Namen nach offensichtlich ein Spanier.

»Wenn das Pferd zum Schloß zurückläuft, wird man aus dem Stoffstückchen schließen, daß die Guilderaner die Braut des Prinzen entführt haben. Wenn sie dann noch ihren Leichnam an der Grenze zu Guilder finden, wird der Verdacht zur Gewißheit!«

Die beiden waren inzwischen an Bord des Segelschiffes gegangen, so daß der Riese die letzten Worte des Sizilianers mitbekommen hatte. Verwirrung und Erstaunen zeichneten sein kindliches Gesicht, als er sich an Vizzini wandte.

»Daß jemand umgebracht werden soll, hast du nie gesagt!«

»Jetzt hör mal gut zu, Fezzik«, sagte der Kleine, und seine Stimme nahm einen gefährlichen, drohenden Ton an.

»Ich hab dich angeheuert, damit du mir hilfst, einen Krieg anzuzetteln. Das ist ein anerkannter Beruf, mit einer langen und glorreichen Tradition« (ein Beruf, den es auch heute noch gibt, nur daß sich im Gegensatz zu Vizzinis Zeiten heute niemand mehr öffentlich dazu bekennt). Einen Augenblick lang schien sich der Riese damit zufriedenzugeben. Doch dann wandte er sich erneut an den Sizilianer.

»Ich denke, es ist einfach nicht richtig, ein unschuldiges Mädchen zu töten.«

Zorn stieg in dem Kleinen hoch. Trotz seiner schmächtigen Statur war er der Anführer der drei, der unbestrittene Kopf des Trios. Noch nie hatte er erlebt, daß man die Richtigkeit seiner Befehle und Weisungen in Zweifel zog. Noch nie hatte jemand im Traum daran gedacht, er, Vizzini, könne etwas unternehmen, was nicht richtig sei. Und nun das! Ausgerechnet dieser hirnlose Riese, der noch gar nicht lange dabei war, bisher aber immer mit stummer Ergebenheit und blindlings gehorcht hatte. Vizzini giftete ihn an.

»Ich hab mich doch wohl verhört«, bellte er Fezzik ins Gesicht und baute sich wie ein sprungbereiter Terrier vor dem Riesen auf. »Ich hab mich doch wohl verhört, oder ist dir gerade das Wort ›denken‹ über die Lippen gekommen? Ich hab dich nicht wegen deines Hirns angeheuert, du flußpferdartiger Fleischberg!«

»Ich bin auch Fezziks Meinung«, meldete sich überraschenderweise der Spanier zu Wort. Wie von einer
Tarantel gestochen fuhr Vizzini herum. Sein Zorn
kannte jetzt keine Grenzen mehr. Sein schmächtiger
Körper bebte vor Erregung, als er Iñigo mit hohntrie-
fender Stimme ins Wort fiel.

»Oh, unser Säufer hat gesprochen. Was mit ihr passiert . . . « − er deutete auf Buttercup, die inzwischen
das Bewußtsein wiedererlangt hatte und auf die Planken des Schiffes gekauert den Streit der Männer mit fast
kindlichem, entsetztem Staunen verfolgte − »was mit
ihr passiert, geht dich gar nichts an. Ich werde sie töten.
Aber bedenke eines und vergiß es niemals: Als ich dich
gefunden habe, warst du so stinkbesoffen, daß du dir

nicht einmal mehr deinen Brandy selbst kaufen konntest!«

Schuldbewußt senkte der Spanier den Kopf, machte kehrt, ohne ein Wort zu sagen und ging zum Ruder des Schiffes. Vizzini wandte sich daher an den Riesen und stieß ihm mit seinem Zeigefinger wild gestikulierend fast ins Gesicht.

»Und du«, so herrschte er Fezzik an, der mit der entwaffnenden Wehrlosigkeit eines großen Kindes vor ihm stand, »freudlos, kopflos, hilflos, hoffnungslos!«

Bei jedem Wort stieß Vizzini den Zeigefinger nach vorne, und Fezzik zuckte jedesmal ängstlich zurück.

»Soll ich dich vielleicht wieder dahin zurückschikken, wo du herkommst? Als Arbeitslosen nach Grönland?«

Ohne die Antwort des Riesen abzuwarten (die würde ohnehin nicht kommen, das wußte er nur zu genau), wandte sich Vizzini mit selbstzufriedenem Gesicht ab und ließ sich gegenüber von Buttercup auf dem Deck des Schiffes nieder, während sich Fezzi mit langsamen Schritten zu seinem Freund ans Ruder gesellte.

Das Schiff legte vom Ufer ab. Die dazu notwendigen Manöver wurden von Iñigo und Fezzi mit einer Sicherheit und Präzision durchgeführt, die ein lang eingespieltes Team auszeichnet und die man vor allem dem Fleischklops nicht zugetraut hätte. Obwohl es bei einer derart kleinen Besatzung wirklich auf jeden Handgriff ankommt, fanden die beiden noch Zeit, sich zu unterhalten.

»Dieser Vizzini«, meinte der Spanier, »der ist nervös.«

»Nervös, nervös. Wie der uns beschimpft, das ist eher skandalös!«

»Wahrscheinlich drückt ihm was im Darm."

»Und er hat wirklich wenig Charme!«

Iñigo ließ ein anerkennendes Lachen vernehmen.

»Du findest immer wieder einen Reim.«

»Ja, ja, manchmal hab ich Schwein!« antwortete Fezzik, und der Stolz über seine Schlagfertigkeit war ihm anzumerken.

»Genug damit«, brüllte Vizzini vom anderen Ende des Bootes, was die beiden allerdings nicht abhalten konnte, mit ihrem Spielchen fortzufahren.

»Fezzik, sind das Felsen vor dem Boot?«

»Wenn das stimmt, dann bist du tot.«

Erneut schrie Vizzini: »Hört ihr nicht, mit dem Reimen ist jetzt Schluß!«

»Will wer von euch 'ne Erdnuß?«

Der gequälte Verzeiflungsschrei des Sizilianers entlockte den beiden Freunden ein schadenfrohes Lächeln.

Das Segelboot hatte die offene See erreicht. Eine frische Brise blähte die Segel, das Schiff machte schnelle Fahrt. Der Mond war inzwischen am Himmel aufgezogen und tauchte die sanft wogende See in fahles Licht. Die Bugwellen schäumten bläulich, als das Schiff immer schneller dahinglitt, sich immer weiter von Florin entfernte und seinem Ziel entgegeneilte, das nur die drei Verschwörer kannten.

Der hitzige Schlagabtausch der Männer schien vergessen, es herrschte fast friedliche Harmonie an Bord. Diese nahezu romantisch zu bezeichnende Stimmung wurde nur durch zwei Umstände getrübt.

Erstens lag Buttercup zusammengekauert an Deck und blickte mit unruhigen, angsterfüllten Augen immer wieder über ihre Schultern in Richtung Florin, als könne sie von dort, wo jetzt nur tiefschwarze Nacht zu sehen war, Rettung erhoffen. Und zweitens riskierte Iñigo, der am Heck des Schiffes lehnte, ebenfalls auffällig oft einen Blick nach hinten.

Vizzini, der seinen Mannen gerade erklärte, daß sie ihr Fahrtziel bei Morgengrauen erreichen würden, bemerkte plötzlich diese Kopfbewegung des Spaniers.

»Warum tust du das?«

»Um sicherzugehen, daß uns keiner verfolgt.«

»Das ist unvorstellbar«, antwortete Vizzini mit einer abschätzigen Handbewegung, wurde aber von Buttercup unterbrochen, die sich nach einer langen Zeit des Schweigens erstmals zu Wort meldete.

»Egal, was ihr denkt«, sagte sie, und der ganze Haß auf ihre Entführer schwang in ihrer Stimme mit, »man wird euch erwischen. Wenn es soweit ist, wird euch der Prinz alle hängen lassen.«

Vizzini, der ein alter Hase auf dem Gebiet des Kidnappings war und es darin zu einer bis heute unübertroffenen Meisterschaft gebracht hatte, merkte natürlich sofort, daß dies eher Buttercup selbst Mut machen sollte, als daß es eine ernstzunehmende Drohung war. Er antwortete deshalb mit einer betont höflichen Verbeugung: »Der einzige Hals auf diesem Boot, Hoheit, über den Sie sich Gedanken machen sollten, ist Ihr eigener.« Wobei seine eindeutige Handbewegung keinen Zweifel an der Ernsthaftigkeit dieser Aussage aufkommen ließ.

Während er sich lächelnd zurücklehnte, spähte Iñigo erneut mit zusammengekniffenen Augen angestrengt ins Dunkel der Nacht. Obwohl es keinerlei Grund zu der Annahme gab, jemand könne sie verfolgen, machte diese Späherei des Spaniers den kleinen Sizilianer allmählich nervös.

»Hör auf damit«, sagte er, »wir können alle ausruhen, wir haben es doch fast schon geschafft.«

»Bist du sicher, daß uns keiner folgt?«

»Wie ich dir schon gesagt habe, es wäre absolut, total und auf jegliche andere Art und Weise unvorstellbar. In Guilder weiß keiner, was wir getan haben. Und aus Florin hätte keiner so schnell hierher gelangen können!«

Zu seinem eigenen Erstaunen stellte Vizzini fest, daß seine Stimme bei weitem nicht so überzeugend klang, wie es ihrer augenblicklichen Situation angemessen schien – hatte er sie doch mit seinem messerscharfen, als unfehlbar bekannten Verstand als absolut sicher analysiert. Aber da war immer noch dieser seltsame Ausdruck auf dem Gesicht des Spaniers, den er zu seiner großen Verblüffung nicht zu deuten wußte. So sah er sich schließlich gezwungen zu fragen:

»Aus reiner Neugierde: Warum hast du gefragt?«

»Ach, nichts Besonderes«, antwortete Iñigo, »nur, ich hab nach hinten geschaut, und da ist irgendwas.«

»Was?«

Vizzini sprang mit verblüfftem Gesicht auf seine kleinen Füße und eilte an die Reling, um nun seinerseits in die Nacht zu starren. Und tatsächlich, da war etwas! Vizzini sah es jetzt ganz deutlich: Weit in der Ferne, wo der silberne Schein des Mondes den Horizont gerade noch streifte, tauchte ein winziges schwarzes Segel aus dem Schatten der Nacht. Ganz klein war es und ganz weit entfernt, aber eines war sicher: Sie wurden verfolgt (Seit dieser Zeit sind todsichere Unternehmungen, die trotzdem scheitern, als ›vizzinische Fehlleistungen‹ bekannt).

Zwar machte der Sizilianer noch einen wenig überzeugenden Versuch, seine Freunde und sich selbst zu beruhigen.

»Wahrscheinlich ein einsamer Fischer auf nächtlicher Vergnügungsfahrt durch aalreiches Gewässer«, sagte er in betont ruhigem Ton, verfehlte aber die beabsichtigte Wirkung völlig, da

1. Iñigo und Fezzik nur zu gut wußten, daß nicht einmal ein mondsüchtiger Fischer des Nachts diese als überaus gefährliches Gewässer bekannte Meerenge ansteuern würde, und

2. ihre Aufmerksamkeit mit einem Male von Buttercup in Beschlag genommen wurde, die sich in diesem kurzen, unbeachteten Augenblick über Bord gestürzt hatte und mit kräftigen Schwimmzügen rasch vom Schiff entfernte.

»Los, spring rein, hol sie wieder raus!« schrie Vizzini den Spanier an, nachdem er sich von seiner kurzen Verblüffung über die entschlossene Tat des Mädchens erholt hatte. Doch Iñigo zuckte nur hilflos mit den Schultern.

»Ich kann nicht schwimmen.«

»Und ich kann nur hundepaddeln«, fügte Fezzik mit treuherzigem Blick hinzu.

Einen Augenblick lang schien es tatsächlich, als sei der Sizilianer mit seinem Latein am Ende.

Mit beherzten Stößen schwamm Buttercup einer ungewissen Freiheit entgegen. Obwohl das dunkle Salzwasser ihre Kleider immer schwerer werden ließ, kam sie recht gut voran. Jedenfalls kam es ihr so vor, und im Geiste sah sie sich schon an den heimatlichen Gestaden Florins landen. Zwar war seit dem Sprung ins Wasser noch nicht einmal eine Minute vergangen, und außerdem hatten die drei Schurken bereits das Boot gewendet, um sich auf die Verfolgung zu machen. Aber

Buttercup sah ihre Situation nun, da sie etwas unternahm, in einem anderen, viel helleren Licht. Doch plötzlich ließ ein seltsames Geräusch sie schaudernd zusammenfahren.

Ganz tief aus dem Wasser kam es, und obwohl sie solche Töne noch niemals zuvor gehört hatte, wußte sie sofort, was sie bedeuteten: Gefahr. Tödliche Gefahr. Die schreienden Aale!

Um den Schrecken, der Buttercup durchfuhr, auch nur annähernd beurteilen zu können, muß man wissen, daß die schreienden Aale jener Zeit als die mit Abstand gefährlichsten Meerestiere angesehen wurden. Sie galten als so gefährlich, daß man daneben den als Menschenkiller verschrieenen weißen Hai beinahe als harmloses Kuscheltier bezeichnen könnte. So war denn auch Buttercup fast starr vor Angst und Entsetzen, zumal der Sizilianer aus dem Boot heraus ihren furchtbaren Verdacht bestätigte.

»Wißt Ihr, was das für Geräusche sind, Hoheit?« rief er ihr mit seinem dünnen Fistelstimmchen zu. »Das sind die schreienden Aale! Wenn Sie mir nicht glauben, dann warten Sie es nur ab. Sie werden immer dann so laut, wenn sie menschliches Fleisch fressen wollen!«

Vizzini hatte recht: Die schrillen Töne schwollen jetzt noch stärker an, wurden unerträglich. Mit angstverzerrtem Gesicht schaute sich Buttercup um. Noch bevor sie irgend etwas sah, fühlte sie, wie sie aus der dunklen Tiefe des Meeres auf sie zukamen, schwarze, gefährliche Schuppenleiber, unfehlbar angezogen von ihrem warmen Blut! Da! Weiße Gischt spritzte empor, als sich wenige Meter vor ihr die Wellen teilten und ein eklig schwarzer Fischleib torpedogleich auf sie zugeschossen kam. Buttercup schrie verzweifelt auf und warf sich mit allen Kräften im Wasser herum, so daß das Monster haarscharf an ihr vorbeiraste und nur ihren Oberschenkel streifte.

Vizzinis Stimme übertönte das Keuchen ihres Atems und den Flossenschlag des Mörderaales, der eben dabei war zu wenden und erneut zum Angriff überzugehen.

»Wenn Ihr wieder zurückschwimmt, dann verspreche ich, daß Euch nichts passiert. Ich bezweifle, daß Ihr von den Aalen ein ähnlich faires Angebot erhaltet!«

Obwohl Buttercup der festen Überzeugung war, daß Vizzini der schamloseste, durchtriebenste Lügner war, den sie je in ihrem Leben kennengelernt hatte, sah sie dieses Mal keinerlei Anlaß, auch nur im geringsten an seinen Worten zu zweifeln.

Doch bevor sie noch reagieren und das überaus freundliche Angebot des Sizilianers annehmen konnte, war der blutgierige Fisch erneut zum Angriff übergegangen. Seine kräftige Schwanzflosse peitschte wild das Wasser, als er auf Buttercup zuschoß. Das Mädchen, das noch vor wenigen Augenblicken so voller Hoffnung gewesen war, schien unfähig, sich zu bewegen. Mit angstgeweiteten Augen starrte sie auf das schreckliche Monster, das immer weiter aus dem Wasser zu schnellen schien. Immer näher kam es, jetzt klappte der riesige Kiefer auf, messerscharfe blanke Zähne blitzten im kalten Mondlicht. Mit wilden, mordlüsternen Augen flog es heran, genau auf die schwimmende Buttercup zu, und jetzt . . .

»Diesmal wird sie nicht von den Aalen gefressen!« Die beruhigende Stimme des Großvaters ließ den Jungen zusammenzucken.

»Was?« fragte er, als habe er seinen Opa nicht richtig verstanden.

»Der Aal kriegt sie nicht.«

Der Junge schaute ihn mit großen Augen und ohne jedes Verständnis an.

»Ich will dir das nur erklären, weil du so nervös aussiehst«.

»Aber ich bin nicht nervös«, sagte der Junge hastig, um dann erklärend hinzufügen: »Vielleicht war ich ein bißchen besorgt, aber das ist nicht ganz dasselbe.«

Der Großvater schwieg. Ein kaum merkliches Lächeln spielte um seine Lippen. Betont langsam klappte er das Buch zu und sah seinen Enkel über die Brille hinweg an. »Ich kann jetzt aufhören«, sagte er ganz ruhig und eher beiläufig, so, als habe er selbst das Interesse an dem Buch verloren. »Das heißt, wenn du willst«, fügte er fragend hinzu.

»Nein, nein«, antwortete der Junge schnell, »du kannst ein bißchen weiterlesen, wenn du willst«.

Obwohl er wie wild darauf versessen war zu erfahren, wie die Geschichte weiterging, bemühte er sich, dies seinen Großvater nicht merken zu lassen, denn zu oft schon hatte er desinterssiert abgewinkt, wenn dieser versucht hatte, ihm das Lesen schmackhaft zu machen.

›Jetzt hab ich ihn‹, dachte der Großvater still vergnügt und zufrieden. Doch er hütete sich, den Jungen etwas merken zu lassen. Mit einem ganz leichten Lächeln schlug er das Buch wieder auf und las weiter.

Wißt Ihr, was das für Geräusche sind, Hoheit? Das sind die schreienden Aale!

»Wir sind doch schon weiter, Opa«, unterbrach ihn der Junge ungeduldig. »Das hast du schon gelesen«.

»Ach, ach, du meine Güte! Tatsächlich!«

Der Alte tat verwirrt und entschuldigte sich mit übertriebenen Gesten. »Tut mir leid. Ich bitte um Verzeihung!« Hastig blätterte er weiter, um die richtige Stelle
zu finden.

»Schon gut, schon gut, mal sehen. Also, sie war im
Wasser, der Aal schwamm auf sie zu . . .«

Buttercup hatte schreckliche Angst, denn sie wußte,
daß es kein Entkommen mehr für sie gab. Die grünen
Wiesen Florins, die dunklen, hohen Wälder, sie würde
sie niemals wiedersehen. Und ihren Westley schon gar
nicht. Das Untier war jetzt so nahe, daß sie jeden einzel-
nen der rasiermesserscharfen Zähne in seinem riesigen
Rachen erkennen konnte.

Buttercup schloß die Augen. »Lebewohl, Florin«, flüsterte sie, »leb wohl, du mein geliebter Westley«. Und
dann erwartete sie den Biß, der ihrem jungen Leben ein
Ende setzen würde.

Ein dumpfer Schlag ließ sie zusammenfahren, und
ehe sie noch begriff, wie ihr geschah, wurde sie von
einer Hand am Kragen ihres Kleides gepackt und aus
dem Wasser gezogen. Als sie überrascht die Augen aufschlug, sah sie, wie das eben noch so lebensbedrohliche
Untier im Todeskampf zuckend in den Tiefen des Meeres versank. Offensichtlich hatte die Riesenpranke, die
sie einem Lastkran gleich an Bord des Schiffes hievte,
dem Aal einen füchterlichen Hieb versetzt und sie
damit vor dem Tod gerettet. Sie gehörte Fezzik.

Ganz behutsam hielt er Buttercup — die ihm wie eine
Feder vorkommen mußte — in den Armen. Fast zärtlich
schaute der Riese in ihr blasses Gesicht, das von
Schrecken und Erschöpfung gezeichnet war.

»Leg sie dahin, herrschte Vizzini ihn an, »leg sie doch dahin!«

Aufgeregt tänzelte er um Fezzik herum, als dieser das Mädchen überaus sanft auf den rauhen Planken des Decks absetzte.

»Ich glaube, er kommt näher«, rief Iñigo plötzlich vom Heck des Schiffes her.

»Der geht uns gar nichts an. Segel bloß weiter«, antwortete der Sizilianer aufgebracht, um sich gleich darauf an Buttercup zu wenden: »Ihr haltet Euch wohl für besonders mutig, nicht war, Mylady?«

Hämisch grinste er sie an. Obwohl Buttercup mehr als erschöpft war, merkte sie nur zu gut, daß der Sizilianer sie provozieren wollte.

Schon hatte sie sich eine passende, bissige Antwort zurechtgelegt, als ihr bewußt wurde, daß es in ihrer Lage wohl besser war zu schweigen.

»Genau«, sagte der Sizilianer, gerade so, als sei er in der Lage, ihre Gedanken zu lesen.

Noch bevor Buttercup sich über diese erstaunliche Tatsache weiter Gedanken machen konnte, wurde ihre ganze Aufmerksamkeit von Iñigo in Beschlag genommen, der wild gestikulierend am Heck stand.

»Seht doch!« schrie er mit aufgeregter Stimme und deutete hinaus auf die See, »er ist schon ganz dicht an uns dran!«

Und wirklich: War das Schiff mit den schwarzen Segeln vor wenigen Augenblicken noch kaum am Horizont auszumachen gewesen, so war es jetzt höchstens noch zwei Meilen entfernt. Nur ein Mann schien an Bord. Er stand aufrecht am Ruder, und es machte den Eindruck, als ob er das Schiff ganz alleine segelte.

Er war ganz in Schwarz gekleidet, die Haare von einem schwarzen Kopftuch und das Gesicht von einer schwarzen Maske bedeckt. Sein Schiff machte rasend schnelle Fahrt, es flog immer näher heran. Ungläubig starrte Iñigo auf den Verfolger, stieß Vizzini an, der den Mann in Schwarz ebenfalls beobachtete.

»Ob er mit demselben Wind segelt wie wir?«

»Wer immer es auch ist, er ist zu spät dran«, stieß Vizzini triumphierend hervor, »seht ihr, die Klippen des Wahnsinns!«

Abrupt wandte er sich um und deutete nach vorne. Scheinbar aus dem Nichts wuchs eine fast senkrechte Felsenwand aus der dunklen See. Schroffes, rauhes Gestein türmte sich in schwindelerregende Höhen. Der Fuß der Klippen wurde von weiß schäumender Gischt umtost, während ihre Spitzen in den Wolken zu verschwinden schienen, die von der aufziehenden Morgenröte in rosa Licht getaucht wurden.

»Beeilt euch, nun beeilt euch doch«, schrie Vizzini seinen beiden Kumpanen aufgeregt zu, während diese das Boot mit gekonntem Manöver an die Klippen steuerten. »Nun macht schon, ihr Schlafmützen, vorwärts.«

Hastig wurde die Schaluppe verankert, und die drei Schurken sprangen mit ihrer Beute auf den schmalen, gischtumspülten Felsengrat am Fuße der Klippen.

Buttercup schwindelte, als sie in die Höhe sah. Erst jetzt bemerkte sie das starke Tau, das aus den Wolken zu kommen schien. Während sie noch darüber nachdachte, was dies wohl zu bedeuten haben mochte, hörte sie Vizzini triumphierend ausrufen: »Wir sind in Sicherheit! Nur Fezzik ist stark genug, auf unserem Wege da hochzukommen. Der Schwarze wird stundenlang herumsegeln müssen, ehe er einen Hafen findet!«

Buttercup war soeben zu dem Schluß gekommen, daß es vollkommen unmöglich sei, diese glatte und glitschige Felswand auch nur zehn Meter hochzuklettern, geschweige denn bis zur Spitze. Doch da wurde sie von Fezzik gepackt und ohne viel Federlesens auf seinem Rücken verstaut. Iñigo wurde auf der Hüfte des Riesen plaziert, während sich Vizzini an seinem Hals festhielt. Und dann begann Fezzik den Aufstieg. Seine kräftigen Arme packten das Tau, und Hand über Hand ging es nach oben. Mit ruhigen Armzügen glitt der Riese mit seiner enormen Last an der senkrechten Wand empor. Meter für Meter legte er zurück, mit der Stetigkeit und Zuverlässigkeit eines Aufzuges. Wind peitschte ihnen ins Gesicht, zerrte an den Haaren und Kleidern. Buttercup hatte die Augen geschlossen, während Iñigo immer wieder voller Unruhe nach unten blickte, um ihren Verfolger im Auge zu behalten.

Der Mann in Schwarz hatte inzwischen auch bei den Klippen angelegt und das Tau entdeckt. ›Das schaffst du nicht, mein Junge‹, dachte der Spanier gerade voller Schadenfreude, als seine Augen sich vor Erstaunen weiteten. »Er klettert am Seil rauf«, stieß er voller Überraschung hervor. Einige Augenblicke später hatte die Überraschung in seiner Stimme echter Besorgnis Platz gemacht.

»Er kommt immer näher!«

Tatsächlich: Der Schwarze flog am Seil empor, als bewege er sich auf ebener Erde.

»Unvorstellbar«, kommentierte Vizzini voller Anerkennung. Allerdings schwang auch in seiner Stimme etwas Sorge mit.

»Schneller«, trieb er Fezzik an, »schneller!«

»Ich dachte, ich bin schon schneller«, keuchte der Riese und legte an Tempo zu. Der Mann in Schwarz holte auf. Fezzik verdoppelte das Tempo. Der Mann in Schwarz kam näher. Immer näher.

»Ich denke, du wolltest dieser Koloß sein«, schrie

Vizzini in den heulenden Wind, »du wolltest dieses große legendäre Etwas sein. Trotzdem kommt er näher!«

»Na ja«, antwortete Fezzik, der Koloß, und der Atem ging ihm schwer, während er sich und seine Last zu den Wolken hochwuchtete, »ich trage drei Menschen . . . und er trägt nur sich selbst!«

Vizzinis Gesicht lief rot an. Sogar seine Halbglatze schien sich zu verfärben.

»Ich akzeptiere keine Ausreden!« schrie er wütend. »Ich werde eben einen anderen Riesen finden müssen, und damit basta!«

»Sag das nicht, Vizzini, bitte«, Fezziks Stimme hatte trotz der großen Anstrengungen einen fast flehenden Ton.

»Hab ich deutlich gemacht, daß dein Job auf dem Spiel steht?« Wenn es darauf ankam, konnte Vizzini unbarmherzig und ohne jede Gnade sein. Und diesmal kam es darauf an.

Der Schwarze holte auf.

Fezzik verschärfte noch einmal das Tempo. Die Angst um seinen Job schien ihm zusätzliche Kraft zu verleihen. Falls das bei einem so kräftigen Mann überhaupt möglich war.

Wenn Vizzini ihn feuerte, würde er arbeitslos sein, das wußte Fezzik. Genauso wie Vizzini.

Der Mann in Schwarz flog immer näher heran. Noch fünzig Meter bis zum Gipfel. Der Schwarze kam näher, hatte den Abstand schon auf weniger als die Hälfte verkürzt. Noch dreißig Meter. Noch zwanzig.

Der Schwarze holte beängstigend auf. Noch zehn, noch fünf Meter — jetzt hatten sie es endlich geschafft.

Vizzini sprang sogleich vom Rücken des Riesen, zog seinen Dolch aus dem Gürtel und kappte das starke Tau mit einem schnellen Hieb. Mit rasender Geschwindigkeit sauste das Tau über das felsige Plateau und verschwand über den Rand der Klippen.

Das Schicksal des Schwarzen war besiegelt. Während Buttercup sich erschöpft an einen Baum lehnte, trat das Trio mit gemessenen Schritten an den Abgrund, um den Todessturz ihres Verfolgers zu beobachten.

»Unmöglich!« stieß Vizzini hervor. Doch ihre Augen trogen sie nicht: Der Mann in Schwarz war nicht abgestürzt, sondern klebte zwanzig Meter unter ihnen am senkrecht abfallenden Felsen wie eine Fliege an der Wand.

»Er hat wirklich starke Arme«, brummte Fezzik anerkennend. Er konnte sich nicht erinnern, wann er sich zum letzten Male lobend über die Stärke eines anderen Mannes geäußert hatte.

»Er ist nicht gefallen«, wunderte sich Vizzini. »Unmöglich!«

Iñigo schaute ihn von der Seite an. Zum ersten Mal stand ihm ein Anflug von Zweifel ins Gesicht geschrieben: »Das sagst du aber oft, Vizzini. Ich glaube nicht, daß wir dasselbe darunter verstehen!«

Der Schwarze bewegte sich. Seine rechte Hand tastete über den glatten Fels, fand Halt in einer schmalen Spalte, wo sie sich festklammerte. Langsam zog er sich höher. Zentimeter für Zentimeter.

»Meine Güte, er klettert wirklich hoch!«

Iñigo war mehr als verwundert. Vizzini packte Buttercup und zog sie hoch, während er sich an den Spanier wandte:

»Wer er auch sein mag, er hat uns offensichtlich mit der Prinzessin gesehen und muß deshalb sterben.«

Er deutete auf den Riesen, der inzwischen das Mädchen auf seine starken Arme genommen hatte.

»Fezzik und ich laufen mit ihr zur Grenze von Guilder. Du kommst nach, sobald er tot ist. Wenn er abstürzt, fein. Wenn nicht, dann nimm den Degen!«

Iñigo dachte einen kurzen Moment nach.

»Ich werde mich mit ihm linkshändig duellieren«, sagte er schließlich. Das brachte Vizzini in Wut.

»Du weißt, wie eilig wir es haben«, fuhr er den Spanier an. Doch der ließ sich diesmal nicht von dem Sizilianer beeindrucken.

»Ach, nur auf die Art ist es für mich befriedigend«, erklärte er mit treuherzigem Augenaufschlag, »wenn ich meine Rechte benutze, ist es immer so schnell vorbei«.

Vizzini gab sich geschlagen. »Also, mach's auf deine Art!« Rasch drehte er sich um und eilte davon, so schnell ihn seine kurzen Beine trugen. Auch Fezzik wandte sich zum Gehen. »Paß auf dich auf«, verabschiedete er sich von Iñigo, »maskierten Männern kann man nicht trauen!«

»Ich warte!« schrie Vizzini aufgebracht, so daß der Riese mit Buttercup in den Armen hastig davonrannte. Schon nach wenigen Augenblicken waren die drei Iñigos Blicken entschwunden.

Der Spanier schaute sich um. Hier oben auf der Klippe mußte vor langen Jahren einmal eine mächtige Burg gestanden haben. Jedenfalls deuteten die dicken Mauerreste, die überall herumstanden, darauf hin. Der felsige Boden war von Steinen und Felsbrocken übersät. Vereinzelte Bäume stemmten sich trotzig gegen den in jähen Böen attackierenden Wind. Ungeduldig ging Iñigo auf und ab. Er wartete. Und wartete. Und wartete. Nichts geschah.

Da er mit seinem spanischen Temperament nichts mehr haßte als warten, trat er schließlich an den Rand der Klippen, um nachzusehen, wo um alles in der Welt der Mann in Schwarz so lange blieb.

Der Schwarze hing noch immer am Fels. Er hatte sich zwar schon ein gutes Stück hochgearbeitet, von seinem Ziel allerdings war er immer noch weit entfernt.

Iñigo beugte sich vor: »Hallo, da unten, geht's denn nicht ein bißchen schneller?«

Der Schwarze schaute zu ihm auf. Jetzt, auf diese kurze Entfernung, konnte Iñigo erkennen, daß er noch ein recht junger Mann sein mußte. Sein Gesicht, oder besser, der Teil davon, der nicht durch die Maske verdeckt war, hatte fast noch jungenhafte Züge, und auch die blauen Augen, die den Spanier fast freundlich anblickten, waren die eines jungen Mannes. Nur der dunkle, nach Piratenart messerscharf gestutzte Schnurrbart und seine körperliche Gewandtheit ließen den Draufgänger erkennen. Die Antwort war höflich, und seine Stimme hatte einen angenehmen, ja sympathischen Klang.

»Hört«, rief er, während er sich mit Mühe an der Wand festklammerte, »ich will ja nicht unhöflich sein, aber das hier ist nicht so einfach, wie es aussieht. Ich wäre Euch dankbar, wenn Ihr mich nicht ablenken würdet.«

»Entschuldigung«. Ein Anflug ehrlichen Bedauerns zeigte sich in Iñigos Miene.

»Danke sehr«, keuchte der Mann in Schwarz und fuhr dann, ohne den Spanier weiter zu beachten, mit seiner Kletterei fort. Und so blieb Iñigo nichts anders übrig, als weiterhin zu warten.

Er machte ein paar Ausfallschritte, zog seinen Degen, ließ die Klinge durch die Luft sausen. Doch schon nach einigen spielerischen Fechtübungen steckte er die blitzende Waffe zurück in Scheide. Solche Spiegelfechtereien haßte er nämlich noch viel mehr als Warten. Er war ein Mann des Kampfes und der Tat, nicht der Spielerei. Wieder trieb es ihn zum Rand, er beugte sich über den Abgrund und fragte:

»Ich nehme an, Ihr könnt nicht ein kleines bißchen schneller machen?« rief er dem Schwarzen zu.

»Wenn Ihr es so eilig habt, könntet Ihr ja ein Seil runterreichen oder einen Ast oder sonst irgend etwas Nützliches tun«.

Obwohl er sich immer noch um eine höfliche Antwort bemühte, war sie dennoch von einem Anflug von Ärger gezeichnet.

»Das könnte ich«, antwortete Iñigo mit einem leichten Lächeln, denn er wußte, daß es jetzt nicht mehr allzu lange dauern würde, bis der Schwarze vor ihm stand und er ihm mit der stählernen Klinge seines Degens eine Lektion erteilen könnte, wie den vielen, vielen Männern vor ihm, die seiner Klinge nicht hatten standhalten können.

»In der Tat hab ich etwas Seil hier oben. Aber ich glaube nicht, daß Ihr meine Hilfe akzeptierem würdet. Denn ich warte hier nur, um Euch zu töten!«

»Das wirft allerdings einen Schatten auf unsere Beziehung«, antwortete der Mann in Schwarz.

»Ich verspreche, ich werde Euch nicht eher töten, als bis Ihr wohlbehalten hier oben angekommen seid.«

»Das ist wirklich tröstlich«, sagte der Schwarze, und Iñigo war es fast so, als habe er dabei mit dem Kopf eine leichte Verbeugung angedeutet. »Aber ich fürchte, Ihr werdet warten müssen«.

»Ich hasse das Warten«, sagte Iñigo mit düsterer Miene und schritt wieder auf und ab. Dann machte er einen erneuten Versuch: »Ich könnte Euch mein Ehrenwort als Spanier geben!«

»Hat keinen Zweck. Ich habe zuviele Spanier gekannt«, kam ungerührt die Antwort des Schwarzen.

»Gibt's denn keine Möglichkeit, mir zu Vertrauen?« Iñigos Gesicht zeigte Enttäuschung und Ratlosigkeit, die durch die Antwort des Schwarzen noch verstärkt wurde: »Auf Anhieb fällt mir nichts ein«, sagte der fast mit Bedauern.

Plötzlich hellte sich Iñigos düstere Miene auf. Er hob die Augen zum Himmel. Seine Stimme war feierlich und voller Inbrunst:

»Ich schwöre bei der Seele meines Vaters Domingo Montoya, Ihr werdet lebend hier oben ankommen.«

Die Antwort kam schnell und ohne Zögern:

»Werft mir das Seil herab!«

Iñigo warf das Tauende über den Klippenrand und zog den Mann in Schwarz, der sich daran festhielt, keuchend nach oben.

Wenige Augenblicke später stand er neben ihm auf sicherem Boden.

»Vielen Dank auch!« Seine mit einem Handschuh bekleidete Linke fuhr zum Griff seines Degens, doch der Spanier winkte ab.

»Was denn, was denn, was denn,« sagte er. »Wir warten, bis Ihr soweit seid.«

»Danke, nochmals danke«, antwortete der Schwarze etwas kurzatmig und ließ sich auf einem Felsblock nieder, um ein wenig auszuruhen. Der Aufstieg hatte ihn offensichtlich einiges an Kraft gekostet.

Iñigo setzte sich ihm gegenüber und musterte ihn abschätzend. Dann fragte er:

»Ich will nicht indiskret sein, aber Ihr habt nicht ganz zufällig sechs Finger an Eurer rechten Hand?«

»Beginnt Ihr eure Gespräche immer so?« Dem Schwarzen war offensichtlich der Sinn der Frage nicht ganz klar. Deshalb fühlte sich der Spanier bemüßigt zu erklären:

»Mein Vater wurde von einem Mann abgeschlachtet, der sechs Finger hatte«.

Und dann begann er von seinem Vater zu erzählen. Und während er erzählte, waren seine Augen voller Glanz, und sein Gesicht leuchtete gerade so, als verliehe ihm die Erinnerung an seinen Vater, den er sehr geliebt haben mußte, eine ganz besondere Kraft.

»Er war Waffenschmied, mein Vater. Eines Tages tauchte ein Mann mit sechs Fingern in seiner Werkstatt auf und bestellte einen besonderen Degen. Eine Waffe, wie es noch keine gegeben hatte auf der Welt. Da mein Vater ein Meister seines Faches war, der größte Degenschmied weit und breit, nahm er den Auftrag an. Er schuftete ein ganzes Jahr, bis er fertig war.«

Mit einer fast ehrfürchtigen Geste zog Iñigo seinen Degen aus der Scheide und reichte ihn dem Mann in Schwarz. Die schmale, scharfe Klinge blitzte in der Morgensonne. Der Griff war einfach, aber dennoch meisterhaft geschmiedet. Nur wenige Edelsteine waren zur Verzierung eingelassen. Anerkennend wog der Schwarze den Degen in der Linken.

»So ein Meisterwerk habe ich noch nie gesehen«, stellte er voller Anerkennung fest.

Iñigo erzählte weiter: »Der Sechs-Finger-Mann kehrte zurück und verlangte den Degen, aber für ein Zehntel des vereinbarten Preises. Mein Vater lehnte ab. Ohne ein Wort zu verlieren, durchbohrte der Sechs-Finger-Mann ihm das Herz. Ich liebte meinen Vater. Also forderte ich natürlich seinen Mörder zum Duell. Ich unterlag.«

Iñigo brach ab. Die Gram über sein damaliges Versagen stand ihm ins Gesicht geschrieben.

»Der Sechs-Finger-Mann ließ mich am Leben. Aber er gab mir dies hier«. Er deutete auf die wulstigen Narben, die über beide Wangen liefen. Tiefe Trauer lag in seinen schwarzen Augen.

»Wie alt wart Ihr damals?« fragte der Schwarze.

»Ich war elf Jahre alt . . . Als ich stark genug wurde, habe ich mein ganzes Leben der Fechtkunst gewidmet. Wenn wir uns also das nächste Mal treffen, werde ich nicht versagen . . . Ich werde auf den Sechs-Finger-Mann zugehen und zu ihm sagen . . .«

Wieder trat dieses seltsame Leuchten in Iñigos Gesicht. Seine Augen schienen jemanden durchbohren zu wollen. Fest blickte er auf einen imaginären Punkt vor sich, gerade so, als stünde er dem Mann, der damals Domingo Montoya abgeschlachtet hatte, endlich gegenüber. Seine Stimme nahm einen feierlichen Klang an. »Ich werde sagen: Hallo, mein Name ist Iñigo Montoya. Du hast meinen Vater getötet. Jetzt bist du des Todes!«

Einen Augenblick lang schien Iñigo der Welt entrückt zu sein, starrte mit versonnenem Blick in die Ferne. Der Schwarze holte ihn in die Wirklichkeit zurück: »Ihr habt nichts anderes studiert als diese Degenspielerei?«

Der Spanier winkte ab. »Mehr Praktikum als Theorie in letzter Zeit. Wißt Ihr, das Schlimme ist, ich kann ihn nicht finden, diesen Sechs-Finger-Mann. Seit 20 Jahren suche ich ihn, in allen Ländern der Erde, überall, doch bisher vergebens. Langsam verliere ich mein Selbstvertrauen. Ich arbeite nur für Vizzini, um die Rechnungen bezahlen zu können. Rache ist nicht sehr lukrativ, müßt Ihr wissen.«

Der Mann in Schwarz schaute ihn einen Augenblick lang nachdenklich an, fast als klänge das, was der Spanier ihm erzählt hatte, noch ein wenig nach in seinem Herzen. Dann erhob er sich abrupt.

»Tja, ich hoffe, Ihr findet ihn eines Tages.«

Seine Linke ging zum Griff des Degens — eine Bewegung, die Iñigos Augen aufleuchten ließ. Mit einem Satz war er auf den Beinen.

»Ihr seid also bereit?« fragte er freudig erregt.

»Egal, ob ich bereit bin oder nicht«, sagte der Schwarze und zog seine Waffe aus der Scheide. »Ihr seid mehr als fair gewesen.«

Mit langsamen Schritten ging er zurück, den Degen in seiner Linken. Ganz behutsam setzte er Fuß neben Fuß, als ob er das Terrain abtasten wolle. Iñigo hatte ebenfalls seine Waffe in die linke Hand genommen und ging in Position.

»Ihr scheint mir ein anständiger Bursche zu sein. Ich bringe Euch nicht gerne um«. Das Bedauern in seiner Stimme klang aufrichtig.

Ein feines Lächeln umspielte die schmalen Lippen des Schwarzen.

»Ihr seid ebenfalls ein anständiger Kerl. Und ich muß Euch sagen, ich sterb' nicht gern.«

Einen Augenblick schien der Spanier zu zögern. Dann sagte er entschlossen: »Fangt an!«

Und damit war das Signal gegeben für den aufregendsten und absonderlichsten Zweikampf in der Geschichte der Fechtkunst. Und es wird wohl auch nie wieder ein Degenduell geben, das sich auch nur im entferntesten mit dem Zweikampf messen kann, der an jenem denkwürdigen Morgen zwischen Iñigo und dem Mann in Schwarz hoch oben auf den Klippen des Wahnsinns ausgetragen wurde.

Die beiden Männer standen sich auf Klingenlänge gegenüber, taxierten sich schweigend. Mit langsamen, vorsichtigen Schritten begannen sie sich wie zwei Kampfhähne zu umkreisen. Iñigo konnte sich seiner Sache völlig sicher sein: Seit seinem Kampf gegen den Sechs-Finger-Mann war er in keinem Duell mehr besiegt worden. Schon lange hatte ihn niemand mehr auch nur annähernd zu fordern vermocht. So war er seiner eigenen Überlegenheit schließlich so überdrüssig geworden, daß er vor fünf Jahren beschlossen hatte, nur noch mit seiner weitaus schwächeren Linken zu kämpfen. Doch selbst auf diese Weise war er niemals in ernsthafte Schwierigkeiten geraten. Das Leben war eben langweilig, furchtbar langweilig.

»Kannst du das verstehen, Opa«, unterbrach der Enkel mit erhitztem Gesicht, »daß man so etwas langweilig finden kann? Kidnapping, ein Riese, schreiende Aale, die Klippen des Wahnsinns, ein Duell auf Leben und Tod?«

Der Großvater antwortete nicht, lächelte den Jungen nur über seine Hornbrille hinweg an, befeuchtete den Zeigefinger und schlug die Seite des Buches um.

Mit katzengleichen Bewegungen umkreisten sich die Männer. Iñigo, der wußte, daß er diesem ungleichen Kampf mit einer einzigen Finte ein Ende setzen konnte, hielt sich zurück. Schließlich wollte er wenigstens ein bißchen Spaß haben, sein Spielchen treiben mit dem Schwarzen. Doch dieser hielt sich recht geschickt bedeckt und hatte sich bislang noch keine Blöße gegeben. Iñigos Klinge schnellte hervor. Doch zu seiner Verwunderung wurde der blitzschnelle Stoß elegant pariert.

›Gar nicht so übel, der Schwarze‹, dachte der erfreut. Laut sagte er:

»Oh, Ihr benutzt Bonettis Verteidigung gegen mich, wie?«

»Bei dem steinigen Gelände hier hielt ich sie für angebracht«, antwortete der Mann in Schwarz mit kühlem Lächeln. Ein Kenner, ein wahrer Kenner! Iñigo hätte vor Freude einen Luftsprung machen können. Dieses Duell schien durchaus ein wenig Unterhaltung zu versprechen.

Er attackierte. Sein Degen schnellte durch die Luft. Scheinbar mühelos wurde jeder Stoß von der Klinge des Schwarzen abgefangen. Der Spanier fixierte seinen Gegner mit einem ernsthaft interessierten Blick, während er seine blitzende Klinge tanzen ließ.

»Natürlich erwartet Ihr, daß ich nach Capo Ferro angreife«, fragte er und taxierte seinen Gegner.

»Natürlich«, antwortete der Schwarze, um dann hinzuzufügen: »Aber ich finde, daß Thibault Capo Ferro neutralisiert . . . Ihr nicht?«

Und damit ging er zum Gegenangriff über. Seine Attacken kamen mit solcher Schnelligkeit und Präzision, daß sich Iñigo zu seiner Verblüffung gezwungen sah zurückzuweichen. Mit elegantem Schwung flankte er über einen Mauerrest in den tiefergelegenen Hof der ehemaligen Burg. Der Schwarze folgte ihm mit einem mindestens ebenso eleganten Salto.

Voller Bewunderung stieß der Spanier hervor: »Ihr

seid wundervoll, und Euer Thibault ist ebenso wundervoll. Aber wie Ihr wißt, nützt er nicht viel, wenn der Feind seinen Agrippa studiert hat. Und das habe ich!«

Agrippa war eine der gefährlichsten Angriffstaktiken und wurde nur von ganz wenigen Meistern der Fechtkunst beherrscht. Nach der damaligen Lehrmeinung war es absolut unmöglich, einem technisch sauber vorgetragenen Agrippa zu widerstehen. Und Iñigos Agrippa war regelrecht vollkommen. Siegessicher stieß seine Klinge in einer komplizierten, kaum noch wahrzunehmenden Figur vor. Doch der Schwarze parierte! Erneut stieß Iñigo zu. Wieder vergebens! Er fand kein Mittel gegen den Mann in Schwarz. Fuß für Fuß mußte der Spanier zurückweichen. Fuß für Fuß trieb ihn die wirbelnde Klinge des Schwarzen auf den Rand der Klippen zu.

»Ihr seid wundervoll«, rief er aus, während er immer weiter zurückwich.

»Danke sehr«, war die höfliche Antwort, »daran habe ich hart gearbeitet.« Der Schwarze nahm Maß und stieß dann blitzschnell zu. Nur mit Mühe wehrte der Spanier den Stoß ab, der für jeden anderen tödlich gewesen wäre.

»Ich gebe zu, Ihr seid besser als ich«, sagte er fast fröhlich und mit einem Lächeln im Gesicht, während er immer dichter an den Abgrund gedrängt wurde.

»Warum lächelt Ihr dann?«

»Weil ich etwas weiß, das Ihr nicht wißt!«

»Und was ist das?«

Der Spanier parierte mit Mühe einen erneuten furchtbaren Stoß.

Sein Oberkörper schwebte schon fast über dem Abgrund, als er beinahe bedauernd sagte:

»Ich bin kein Linkshänder.« Blitzschnell nahm er den Degen in die Rechte und ging nun seinerseits zu einer überfallartigen Attacke über. Jetzt war es am Schwarzen zurückzuweichen. Iñigos Klinge schien zu zaubern. Wirbelnd sauste sie durch die Luft und deckte den Schwarzen gnadenlos ein. Links, rechts – von überall kamen die Attacken, derer sich der Mann in Schwarz kaum noch erwehren konnte. Unerbittlich trieb ihn Iñigo vor sich her. Manchmal schien es so, als kämpfte der Spanier mit zwei Degen, so unglaublich schnell führte er die Klinge.

»Ihr seid wirklich erstaunlich!« rief der Schwarze, während er eine erneute Attacke des Spaniers mit kanpper Not parierte.

»Das sollte ich wohl auch sein nach zwanzig Jahren!«

Iñigo variierte jetzt seine Stöße noch mehr, und der Mann in Schwarz mußte zurückweichen, immer weiter zurück. Und er kam dem Abgrund allmählich bedrohlich nahe. Immer schneller folgte nun Angriff auf Angriff. Gleich mußte der Schwarze in die Tiefe stürzen.

»Ich muß Euch unbedingt etwas sagen«, keuchte er, während er sich unter dem Angriffswirbel des Spaniers duckte.

»Sagt es schnell!«

»Ich bin auch kein Linkshänder!«

Der Schwarze faßte nun seine Waffe mit der rechten Hand, und damit begann ein völlig neuer Kampf. Konnte man ihr bisheriges Duell getrost als absolut meisterhaft bezeichnen, so ist das, was nun folgte, mit Worten kaum noch zu beschreiben. Die Klingen schienen den Wind aufzuhalten, und hätte es an jenem Morgen geregnet, so wäre der Boden unter ihnen trocken geblieben, so schnell folgten die Terzen, Quarten, Volten und all die Fechtfiguren, die so einmalig waren, daß sie nicht einmal einen Namen hatten.

Der Kampf wurde immer schwindelerregender. Beide Männer schenkten sich nichts. Die Luft war erfüllt vom Pfeifen und Klirren der stählernen Klingen.

Sah es für einen kurzen Moment so aus, als sollte Iñigo die Oberhand gewinnen, so war es schon Augenblicke später der Schwarze, der im Vorteil schien.

Doch je länger der Kampf andauerte, um so stärker schien der Schwarze zu werden. Was Iñigo nicht so sehr besorgte, wie es ihn verwunderte. Hatte er doch nie zuvor von einem derart starken Fechter auch nur gehört.

»Wer seid Ihr?«

»Niemand von Bedeutung.«

»Ich muß es wissen.«

»Tut mir leid, daß ich Euch enttäuschen muß.«

»Na gut«, gab sich Iñigo zufrieden, während er feststellen mußte, daß der Mann in Schwarz tatsächlich immer mehr die Oberhand gewann. Mit aller Anstrengung warf er sich ihm entgegen und versuchte seine letzte, unfehlbare Finte — doch der Schwarze war auf der Hut und wehrte den folgenden, absolut tödlichen Stoß fast mühelos ab. Ein erneuter Angriffswirbel ging auf Iñigo nieder. Doch plötzlich hielt der Schwarze für einen Moment inne. Iñigo war irritiert. Im gleichen Augenblick zuckte auch schon die Klinge seines Gegners blitzschnell nach vorn und schlug ihm den Degen aus der Hand. Ungläubiges Staunen zeichnete das Gesicht des Spaniers. Dann sank er auf die Knie.

»Tötet mich, aber macht schnell«, bat er.

Er bekreuzigte sich, schloß die Augen und erwartete mit gesenktem Kopf den tödlichen Stoß.

Der Mann in Schwarz trat ganz dicht an ihn heran. »Eher könnte ich ein bemaltes Kirchenfenster zerstören als einen Künstler wie Euch. Andererseits kann ich natürlich auch nicht zulassen, daß Ihr mir folgt, und deshalb . . .«

Ein wuchtiger Schlag mit dem Knauf des Schwertes raubte Iñigo alle Sinne.

Der Schwarze beugte sich über ihn. »Bitte versteht das, ich behalte Euch für immer in ehrenvoller Erinnerung.«

Er griff nach der Waffe des Spaniers und wandte sich dem schmalen Pfad zu, der sich in die Berge schlängelte. In schnellem Lauf machte er sich auf die Verfolgung der anderen beiden Schurken.

»Unmöglich!« Mit ungläubigem Staunen starrte Vizzini von der Anhöhe ins Tal, wo soeben der Mann in Schwarz aufgetaucht war. Fezzik trug Buttercup immer noch auf seinen Armen. Auch sie hatte den Schwarzen entdeckt, ohne aber zu wissen, ob sie sich darüber freuen sollte. Schließlich hatte sie nicht die geringste Ahnung, wer er war und was er im Schilde führte.

Vizzini war mit Mühe von einem der riesigen Findlinge gesprungen, die an dieser Stelle den Pfad säumten.

»Gib sie mir«, herrschte er Fezzik an, »und komm dann schnell nach.«

Der Riese setzte Buttercup ab, hatte aber nicht recht verstanden, was der Sizilianer von ihm wollte.

»Was soll ich denn tun?«

»Bring ihn um. Bring ihn um!« krähte der Kleine. »Und zwar auf deine Art!«

»Oh gut, auf meine Art. Danke, Vizzini!« Dann kratze er sich an seinem mächtigen Schädel und fragte:

»Aber welche Art ist meine Art?«

Der Sizilianer hatte das Mädchen grob am Arm gepackt und war im Begriff, mit ihr weiterzuhasten. Noch im Laufen drehte er sich um und schrie Fezzik voller Wut über dessen Einfältigkeit an:

»Verdammt, nimm dir einfach ein paar von diesen Steinen und verstecke dich hinter dem Felsen. In wenigen Minuten wird der Mann in Schwarz um die Kurve gerannt kommen. Sobald sein Kopf zu sehen ist, schlägst du mit dem Stein zu!« Und dann rannte er mit kurzen, aber höchst eiligen Schritten weiter und zerrte Buttercup hinter sich her.

Der Riese dachte einen Augenblick lang über das eben Gehörte nach. Dann zog er die wulstigen Lippen nach unten und murmelte:

»Meine Art finde ich aber nicht gerade sehr sportlich.«

Dann zuckte er kurz mit den Schultern, bückte sich und packte einen Stein von der Größe eines Kürbisses, den er mit seiner rechten Hand, die eher eine mächtigen Pranke denn einem menschlichen Körperteil glich, mit spielerischer Leichtigkeit aufhob. Daraufhin verschwand er im Schatten der übermannshohen Findlinge und Steinquader.

In großer Eile folgte der Schwarze dem schmalen Pfad, der jetzt von immer größeren Steinen gesäumt war. Für einen kurzen Augenblick war es ihm, als hätte er Buttercups rotes Kleid durch die Bäume auf der Höhe schimmern sehen.

Der Mann in Schwarz verschärfte sein Tempo. Plötzlich fuhr er zusammen. Mit einem mächtigen Knall war direkt neben ihm am Fels ein mit ungeheurer Wucht geschleuderter Stein in tausend Stücke zerschellt.

Hinter einem großen Findling trat ein Mann hervor. Obwohl das eigentlich nicht das richtige Wort für diesen fürchterlichen Koloss war. Noch nie war der Schwarze eines solchen menschlichen Wesens ansichtig geworden. Ein Riese. Fezzik.

Breitbeinig stand er auf dem Pfad, hielt einen weiteren, noch größeren Stein in seiner Rechten. Obwohl er ganz offensichtlich vorhatte, den Schwarzen zu töten, erklärte er ihm mit durchaus freundlicher Miene:

»Das hab ich mit Absicht gemacht. Ich brauch nicht danebenzuwerfen.«

»Das glaube ich dir«, antwortete der Mann in Schwarz, der trotz der bedrohlichen Situation keine Spur von Aufregung erkennen ließ. Die Arme vor der Brust verschränkt, stand er abwartend da. »Also, was passiert jetzt?«

Fezzik kam einige Schritte näher. Mit seiner tiefen, an einen großen Bären erinnernden Stimme erklärte er:

»Wir treten uns gegenüber, wie Gott es gewollt hat. Wie richtige Sportsmänner. Keine Tricks. Keine Waffen. allein Können gegen Können.«

»Du meinst, du wirfst den Stein weg und ich meinen Degen, und wir versuchen, uns umzubringen wie zivilisierte Menschen?«

Fezzik deutete auf den Stein in seiner Hand.

»Ich könnte dich jetzt töten.«

Der Schwarze gab sich geschlagen. Während er sich daran machte, seine Waffe abzuschnallen, fragte er den Riesen:

»Mal ganz ehrlich, findest du nicht, daß du ein kleines bißchen im Vorteil bist beim Faustkampf? Nicht, daß du denkst, ich wäre kleinlich, aber . . .«

Fezzik ließ den Stein fallen und machte sich bereit für den Kampf.

»Ist doch nicht mein Fehler, daß ich der Größte und Stärkste bin«, rechtfertigte er sich ein wenig beleidigt. »Ich trainiere ja noch nicht einmal.«

Ohne lange Überlegung stürzte sich der Mann in Schwarz auf den Riesen, der ihn bewegungslos erwartete. Mit aller Kraft schnellte er vorwärts und rammte ihm den Kopf in den Magen. Der Aufprall war fürchterlich. Dann entfuhr dem Schwarzen ein überraschter und auch etwas schmerzerfüllter Laut. Mit ungläubigem Staunen blickte er zu Fezzik auf, geradeso, als müsse er sich vergewissern, daß er es wirklich mit einem Wesen aus Fleisch und Blut zu tun hatte, und nicht mit einer übergroßen Statue aus hartem Fels. Der Riese hatte sich genausoviel bewegt wie irgendeiner der Findlinge ringsumher. Keinen Zentimeter. Der Kopf dröhnte. Dennoch griff er erneut an. Mit beiden Händen faßte er nun die Hüfte des Riesen und versuchte ihn anzuheben. Doch genausogut hätte er versuchen können, einen der enormen Felsen zu stemmen. Fezzik stand mit einer solchen Unerschütterlichkeit, als sei er mit dem Erdboden verwachsen.

Der Atem des Schwarzen ging keuchend vor Anstrengung. Wütend und außer Atem fuhr er den Fleischberg an:

»Hör zu, willst du nun mit mir rumblödeln oder was?«

»Ich möchte ja nur, daß du dich einigermaßen wohlfühlst. Ich mag's nicht, wenn die Leute völlig verwirrt sterben«, gab der zur Antwort, und dann packte er zu. Das heißt, eigentlich wollte er bloß zupacken, aber ehe

sich seine schwerfälligen Riesenarme um den Schwarzen schlingen konnten, hatte der sich blitzschnell zu
Boden fallen lassen und war durch Fezziks Beine hin-
durch entwischt.

»Du bist schnell«, brummte der Riese anerkennend.

»Das ist auch gut so«, antwortete der Schwarze
lächelnd.

Wieder griff Fezzik an. Wie ein tapsiger Bär kam er
heran. Wieder packte er zu. Und wieder war ihm der
Mann in Schwarz blitzschnell durch die Beine
geschlüpft. Doch diesmal sprang er ihn sofort von hinten an und legte seine Arme wie einen Schraubstock
um den Hals des Riesen.

»Warum trägst du eine Maske?« wollte Fezzik völlig

unbeeindruckt wissen, während er versuchte, seinen Gegner wie eine lästige Fliege abzuschütteln. »Hast du dich mit Säure verbrannt oder sowas?

»Nein, sie ist nur wahnsinnig bequem. Ich glaube, in Zukunft wird jeder eine Maske tragen.«

Mit eiserner Kraft hielt der Schwarze den Hals des Riesen umklammert, dem es noch immer nicht gelungen war, ihn loszuwerden. Doch jetzt änderte er seine Taktik: Mit seinem ganzen unvorstellbaren Gewicht ließ er sich rückwärts gegen einen Felsen fallen. Dem Schwarzen war zumute, als würden ihm sämtliche Rippen brechen, aber dennoch ließ er nicht los. Fezzik sagte im Plauderton: »Gerade komme ich drauf, warum du mir solche Schwierigkeiten machst . . .«

Wieder donnerte er den Schwarzen gegen den Felsen. Dieser fühlte, wie ihm mit einem jähen Schmerz die letzte Luft aus den Lungen gepreßt wurde. Doch der eiserne Griff seiner Arme ließ nicht nach, mit aller Kraft preßte er den Hals des Riesen zusammen.

»Woran liegt es denn«, fragte der Mann in Schwarz, dessen Schläfenadern vor Anstrengung hervorgetreten waren, und seine Frage klang eher wie ein Stöhnen.

»Was denkst du?«

Fezziks Atem schien kaum beeinträchtigt. Seine Bewegungen waren vielleicht eine Idee langsamer geworden, und sein Gesicht war etwas rot angelaufen.

»Naja«, meinte er, während er den Schwarzen erneut mit fürchterlicher Wucht gegen den Felsen schlug, »ich habe seit langem . . . keinen Einzelkampf mehr ausgetragen.« Waren ihm diese Worte nicht ein wenig mühsam über die Lippen gekommen? »Ich hab mich auf Gruppen spezialisiert. Habe gegen zehn, zwölf Mann . . . ganze Banden gekämpft, für wohltätige Zwecke . . . und so was in der Art.«

Großvater (Peter Falk) erzählt seinem kranken
Enkel das Märchen um DIE BRAUT DES PRINZEN

Buttercup (Robin Wright)

Westley (Cary Elwes)

Abschied für immer? Westley will nach Amerika, um Geld für die Hochzeit mit Buttercup zu verdienen. Doch das Schiff wird von Piraten aufgebracht

**Drei üble Burschen —
Fezzik (André the Giant),
der Riese;
Inigo Montoya (Mandy Patinkin),
der spanische Fechtaristokrat;
Vizzini (Wallace Shawn),
der listige Sizilianer —
entführen die schöne Buttercup**

Duell auf Leben und Tod . . .

Montoya und der Pirat
Roberts kämpfen um die
entführte Buttercup

Bedroht von Vizzini muß Buttercup erleben, wie der Pirat Roberts und der Ganove einen Wettkampf des Geistes um ihr Leben austragen

Auf der Flucht vor Prinz Humperdinck: Gigantische Ratten, Treibsand und Feuerlöcher versperren den Weg durch den Feuersumpf

Der Pirat Roberts ist Westley: nur mit Mühe und Not entkommt er mit Buttercup dem infernalischen Feuermoor – um dann Prinz Humperdinck und seinen Schergen in die Hände zu fallen

Um Westleys Leben zu retten, willigt Buttercup in die Hochzeit mit Humperdinck ein ...

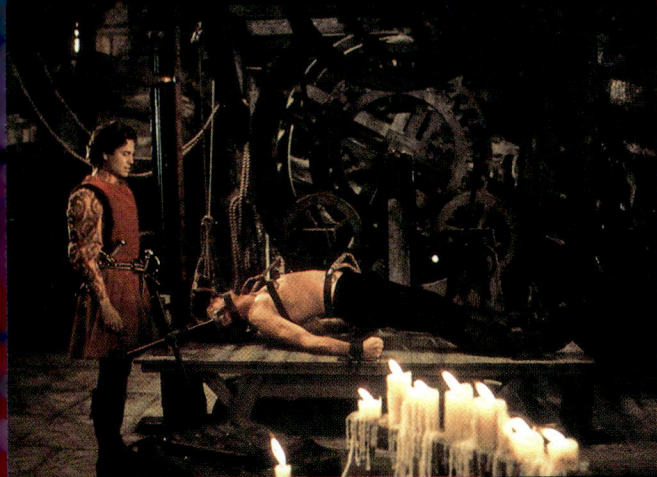

... doch der Prinz bricht sein Wort — im Verlies der Verzweiflung foltert er Westley zu Tode

Einst Feinde, jetzt Freunde: Montoya und Fezzik kämpfen für Westley. Der Zauber-Max und die alte Hexe sollen sein Leben wieder erwecken

**Auf dem Weg ins Schloß —
Westley, Montoya und Fezzik,
bereit zu Buttercups Befreiung**

Für immer vereint: Buttercup und Westley

Fezzik ging in die Knie. War das Taktik, oder zeigte er tatsächlich Wirkung? Die Arme des Schwarzen hielten jedenfalls wie ein eiserner Halskragen. Eigentlich konnte der Riese kaum Luft bekommen.

»Worin besteht denn da der Unterschied?« wollte der Schwarze wissen. Sein Gesicht war deutlich von der übermenschlichen Anstrengung gezeichnet, und er wußte nicht, wie lange er diese Umklammerung noch würde durchhalten können.

»Naja, weißt du«, stieß der Riese hervor und machte zwischen jedem Wort vernehmliche Anstrengungen, Luft zu bekommen, »man muß sich anders bewegen ... wenn man ... gegen ein halbes Dutzend kämpft ... als wenn man ... sich nur um einen kümmert ...«

Ohne jede Vorwarnung sackte er langsam, aber unaufhaltsam vornüber und blieb dann regungslos und in tiefer Bewußtlosigkeit liegen — ein menschlicher Findling zwischen all den Findlingen.

Schwer atmend stand der Mann mit der Maske auf, klopfte sich den Staub aus den Kleidern und beugte sich zu dem am Boden ausgestreckten Monster.

»Ich beneide dich nicht um deine Kopfschmerzen, wenn du aufwachst. Aber in der Zwischenzeit ruh dich schön aus und träum von großen Frauen!« Dann gab er ihm einen fast freundschaftlichen Klaps und lief davon, in die Richtung, die der böse Zwerg mit Buttercup eingeschlagen hatte.

Hoch oben auf den Klippen des Wahnsinns führte Prinz Humperdinck einen merkwürdigen Tanz auf. Jedenfalls sah es so aus. In Wahrheit allerdings folgte er nur tänzelnd den Spuren des Kampfes zwischen Iñigo und dem Schwarzen.

Gegen Mitternacht war das reiterlose Pferd Buttercups zum Tor des Floriner Königsschlosses hereingetrabt. Als Humperdinck den Stoff-Fetzen der guilderianischen Uniform entdeckte, ließ er trotz der nachtschlafenden Zeit die Armee des Landes in Alarmbereitschaft versetzen. Noch während der Nacht hatte das schnellste Schiff seiner Armada ihn, Graf Rugen, seinen Berater und engsten Vertrauten, sowie die zwölf besten und schnellsten Reiter seiner Armee über die Meerenge gesetzt.

Schon vor dem Morgengrauen waren sie an der Küste des Landes Guilder gelandet. Vor wenigen Augenblikken waren sie schließlich auf die Spuren der Kämpfer gestoßen. Das heißt, natürlich war es Prinz Humperdinck gewesen, der sie entdeckt hatte. Er war der beste Jäger Florins, und noch nie war ihm eine Beute entwischt.

»Hier hat ein schweres Duell stattgefunden«, sagte er zu seinen Begleitern, die hoch zu Pferd die etwas grotesk wirkenden Bewegungen ihres Anführers verfolgten.

»Sie haben überall gekämpft, und beide waren hervorragende Meister.«

»Wer hat gewonnen?« Graf Rugen reckte sich im Sattel empor. »Wie ist es ausgegangen?«

Humperdinck machte noch einige Schritte, dann war er an der Stelle angelangt, wo der Mann in Schwarz Iñigo niedergeschlagen hatte. Er beugte sich zum felsigen Boden hinunter, um die Spuren genauer zu untersuchen. Weder Graf Rugen noch die zwölf Reiter konnten das geringste entdecken. Doch schon nach wenigen Augenblicken richtete sich der Prinz wieder auf und erklärte mit einer Sicherheit, die keinerlei Zweifel an seiner Aussage zuließ:

»Der Verlierer ist allein weggerannt.«

Er deutete gen Westen. Dann drehte er sich um und zeigte auf den Pfad, der auf die Berge zuführte: »Der Sieger folgte diesen Fußspuren in Richtung Guilder!«

»Sollen wir sie beide verfolgen?« wollte Graf Rugen wissen.

»Der Verlierer zählt nicht. Nur die Prinzessin ist wichtig!« Mit einem Satz sprang er in den Sattel seines herrlichen Schimmels. »Offensichtlich wurde das alles von Guilder-Kriegern geplant. Wir müssen uns auf alles mögliche gefaßt machen.«

Graf Rugen fragte überrascht: »Ist das vielleicht eine Falle?«

»Ich halte prinzipiell alles für eine Falle« antwortete der Prinz grimmig, »deshalb bin ich immer noch am Leben!«

Er trieb seinem Pferd die Sporen in die Flanke, und an der Spitze seiner Mannen setzte er die Verfolgung fort.

Der Schwarze wurde erwartet. Vizzini saß auf dem Hochplateau neben Buttercup und hielt ihr einen gefährlich spitzen Dolch an den zierlichen Hals. Die Augen des Mädchens waren mit einem weißen Tuch verbunden. Auf dem flachen Stein vor sich hatte Vizzini eine karierte Decke ausgebreitet. Brot, Käse, Obst, eine Flasche Wein sowie zwei Becher standen darauf.

»Wenn Ihr unbedingt wollt, daß sie stirbt, dann kommt nur näher!« Die kleinen Schweinsäugelein des Sizilianers waren zu schmalen Schlitzen geworden, während er den Mann in Schwarz mit herausfordernder Miene fixierte.

Dieser hatte Vizzinis Aufforderung sofort Folge

geleistet und stand nun wenige Schritte von den beiden entfernt. Mit der rechten Hand machte er eine etwas hilflos wirkende Geste: »Ich bitte, laß mich Euch doch erklären . . .«

»Hier gibt es nichts zu erklären«, unterbrach ihn der Sizilianer scharf. Seine Stimme hätte sicherlich noch bedrohlicher geklungen, wenn nicht sein überdeutliches Lispeln gewesen wäre, das allem, was er sagte, eine irgendwie komische Färbung verlieh. »Ihr wollt entführen, was ich rechtmäßig gestohlen habe.«

»Möglicherweise«, sagte der Schwarze langsam und machte einen zögernden Schritt vorwärts, »könnte man ein Abkommen treffen?«

Ein zweiter Schritt.

»Es wird kein Abkommen geben«, erklärte der Sizilianer mit kategorischer Entschlossenheit.

Ein dritter Schritt . . .

»Ihr seid für ihren Tod verantwortlich!«

Die fiepsige Stimme des Sizilianers überschlug sich fast, und die Spitze seines Dolches verstärkte ihren Druck auf Buttercups makellose Haut derart, daß er sie fast schon ritzen mußte.

Der Schwarze stand wie angewurzelt. Stumm starrten die beiden Männer einander für einen kurzen Augenblick in die Augen. Dann machte der Mann in Schwarz einen neuen Versuch:

»Wenn wir uns nicht einigen können, dann stecken wir beide wohl in der Sackgasse!«

Vizzini nickte zustimmend. Ein häßliches Grinsen verzerrte sein Mondgesicht, als er dem Schwarzen antwortete: »Das fürchte ich auch. Ich kann mich körperlich nicht mit Euch messen, und was den Grips angeht, seid Ihr kein Gegner für mich.«

»Seid Ihr denn so auf Draht?« Ein etwas ungläubiges Schmunzeln zeigte sich im Gesicht des Schwarzen.

»Laßt es mich mal so sagen«, erklärte der Sizilianer, »habt Ihr jemals von Platon, Aristoteles und Sokrates gehört?« — Der Mann in Schwarz nickte.

»Das waren Idioten im Vergleich zu mir«, stieß Vizzini eher beiläufig hervor.

»Wirklich? Wenn das so ist, fordere ich Euch zu einem Kampf des Geistes heraus!«

»Um die Prinzessin?« fragte Vizzini lauernd, während er seinen Kopf wie eine Schildkröte fast in den Körper zurückzog. »Bis auf den Tod?«

Der Schwarze nickte. Fast triumphierend schnellte Vizzinis Mondgesicht wieder vom Rumpf: »Ich akzeptiere.«

»Gut«, sagte der Mann in Schwarz, »dann schenkt den Wein ein!«

Während Vizzini nach der Flasche griff und beide Becher füllte, ließ sich der Maskierte ihm gegenüber auf einem Felsen nieder, zog ein kleines Fläschchen aus seinem Gewand, öffnete es überaus vorsichtig und hielt es dem Sizilianer unter die Nase.

»Riecht daran, aber berührt es nicht.«

Vizzinis Knorpelnase näherte sich der schmalen Öffnung des Gefäßes. Geräuschvoll schnupperte er.

»Ich rieche überhaupt nichts.«

»Was Ihr nicht riecht, heißt Jocan-Pulver«, erklärte der Schwarze. »Es ist geruchlos, geschmacklos und löst sich sofort in Flüssigkeit auf. Es zählt zu den tödlichsten Giften, die die Menschheit kennt.«

Er nahm die beiden Becher und wandte sich ab,

damit Vizzini nicht sehen konnte, in welchen er das tödliche Gift goß. Mit gesenktem Haupt saß Buttercup völlig teilnahmslos bei den Männern, so als ginge sie das Geschehen nicht das mindeste an.

Der Schwarze stellte vor jeden von ihnen einen der beiden Weinkelche auf den Stein und schaute den kleinen Sizilianer herausfordernd an:

»Also dann, in welchem Becher ist das Gift? Der Wettkampf des Geistes hat begonnen. Er endet, wenn Ihr Euch entscheidet und wir beide trinken und feststellen, wer recht hat und wer tot ist.

Ein überlegenes Lachen ertönte aus Vizzinis Mund. »Aber, das ist doch so einfach«, gab er in schulmeisterlichem Ton von sich, wobei er seine Worte mit großen, theatralischen Gesten unterstrich, »ich muß nur die Antwort von dem ableiten, was ich über Euch weiß. Gehört Ihr zu dem Typ Mann, der das Gift in seinen eigenen Kelch schüttet oder in den seines Feindes? Nun, ein cleverer Mann würde das Gift in seinen eigenen Kelch tun, in der Annahme, daß nur ein großer Narr das nimmt, was man ihm hinreicht. Ich bin aber kein großer Narr, also kann ich natürlich nicht den Wein nehmen, der vor mir steht. Aber Ihr müßt wissen, daß ich kein großer Narr bin. Damit habt Ihr gerechnet. Also kann ich natürlich nicht den Wein nehmen, der vor Euch steht.«

»Also habt Ihr Euch entschieden?« fragte der Schwarze, der sich von den überaus scharfsinnigen Darlegungen des Sizilianers in keinster Weise beeindrucken ließ.

»Nicht im entferntesten«, entgegnete dieser mit einem glucksenden Lachen, »denn Jocan kommt aus Australien, wie jedermann weiß. Und Australien ist ganz und gar mit Kriminellen bevölkert, und Kriminelle sind daran gewöhnt, daß man ihnen nicht vertraut, so wie ich Euch nicht vertraue. Also kann ich natürlich nicht den Wein nehmen, der vor mir steht.«

»Wahrhaftig, Euer Intellekt ist schwindelerregend.« Der Spott in der Stimme des Schwarzen war unüberhörbar.

»Wartet, bis ich erst richtig loslege!« antwortete Vizzini, dem die Ironie seines Gegners wohl entgangen war, völlig ungerührt. »Wo war ich?«

»In Australien«.

»Ja, Australien.«

Die Augen des kleinen Mannes leuchteten voller Begeisterung über die eigene Klugheit, als er seinen Vortrag fortsetzte.

»Ihr müßt vermutet haben, daß ich das Ursprungsland des Pulvers kenne. Also kann ich natürlich nicht den Wein nehmen, der vor Euch steht.«

»Ihr wollt Zeit schinden.«

»Das würde Euch so passen, nicht wahr?« Vizzini fixierte den Schwarzen wie ein beutegieriger Geier.

»Ihr habt meinen Spanier besiegt. Das bedeutet, daß Ihr studiert haben müßt, und beim Studium müßt Ihr gelernt haben, daß der Mensch sterblich ist. Also hättet Ihr das Gift so weit wie möglich von Euch weggeschoben. Dann kann ich natürlich nicht den Wein nehmen, der vor mir steht. Aber Ihr habt auch meinen Riesen geschlagen, das bedeutet, Ihr seid besonders stark. Also könntet Ihr das Gift in Euren eigenen Kelch getan haben, im Vertrauen darauf, daß Euch Eure Kraft rettet. Dann kann ich natürlich nicht den Wein nehmen, der vor Euch steht.

»Du willst mich austricksen, damit ich etwas verrate«, unterbrach ihn der Mann in Schwarz, »das klappt nicht.«

»Es hat geklappt«, stieß Vizzini triumphierend hervor, »du hast schon alles verraten! Ich weiß, in welchem Becher das Gift ist!«

»Dann triff deine Entscheidung!« forderte ihn der Schwarze mit kalter Entschlossenheit auf.

»Das tue ich! Und ich wähle ...« Mitten im Satz brach der Sizilianer ab. Große Überraschung zeigte sich in seinem Gesicht. Er deutete in die Ferne.

»Was in aller Welt ist denn bloß das?«

»Was? Wo?« fragte der Schwarze und wandte den Kopf in die Richtung, in die Vizzinis Hand wies.

Blitzschnell vertauschte der Kleine die beiden Weinkelche.

Der Mann in Schwarz spähte einen kurzen Augenblick in die Ferne. Dann wandte er sich wieder Vizzini zu, der ihn herausfordernd und über das ganze Gesicht strahlend anblickte.

»Ich sehe nichts.«

»Naja, ich, äh«, stotterte der Sizilianer, »ich könnte schwören, daß ich was gesehen habe. Aber macht ja nichts, macht nichts!«

Er ließ ein meckerndes Lachen hören.

»Was ist so komisch?« wunderte sich der Maskierte.

»Ich ... ich erzähl es Euch jeden Moment. Aber zuerst laßt uns trinken. Ich aus meinem Becher und Ihr aus Eurem.«

Vizzini griff nach dem vor ihm stehenden Becher, während der Schwarze den anderen an den Mund führte. Einen kurzen Augenblick schaute er den Sizilianer an, der lauernd zurück starrte.

Dann trank der Mann in Schwarz. Ein triumphierendes Leuchten überzog das Gesicht Vizzinis, bevor er selbst mit hastigen Zügen seinen Becher leerte.

»Ihr habt falsch geraten«, sagte der Mann in Schwarz

ganz ruhig und ohne das geringste Anzeichen von Freude.

»Das glaubt aber auch nur Ihr«, stieß Vizzini hämisch hervor, »ich hätte, hätte falsch geraten. Das ist ja das Komische! Ich habe die Gläser vertauscht, als Ihr Euch umgedreht habt, Ihr Narr!«

Wieder erklang sein triumphierendes Ziegenlachen.

»Ich seid hereingefallen und habt einen klassischen Fehler begangen. Der berühmteste ist: Laß dich niemals auf einen Landkrieg in Asien ein! Aber beinahe genauso bekannt ist dieser: Laß dich nie auf einen Kampf mit einem Sizilianer ein, wenn es um Leben und Tod geht!«

Vizzini konnte sich nicht mehr halten vor Lachen. Er lachte und lachte, während ihn der Mann mit der Maske ohne jegliche Regung anblickte.

Vizzini lachte. Und lachte.

Dann kippte er zur Seite und war tot.

Womit erneut bewiesen wäre, wie wenig zuverlässig alte Sprichwörter sind.

Der Mann in Schwarz erhob sich rasch und nahm Buttercup das Tuch ab. Fragend schaute ihn das Mädchen an:

»Wer seid Ihr?«

»Jemand, der nicht mit sich spaßen läßt«, antwortete der Schwarze finster, wandte sich ab und blickte suchend in die Ferne, denn für einen kurzen Augenblick war ihm so gewesen, als hätte ihm der Wind den Klang galoppierender Hufe zugetragen. Offensichtlich hatte er sich getäuscht, denn er konnte nichts entdecken.

»Wenn ich daran denke, daß eigentlich Euer Kelch vergiftet war«, sagte Buttercup erschaudernd und schaute ihn voller Mitgefühl an.

Die Antwort des Schwarzen war abweisend und kalt: »Sie waren beide vergiftet. Ich habe die letzten Jahre damit verbracht, mich gegen Jocan-Pulver immun zu machen.«

Humperdincks Hand fuhr fast liebkosend über den felsigen Boden des Bergpfades. Sein stechender Blick nahm jede noch so kleine Einzelheit auf. Hier ein umgeknickter Grashalm, dort ein verschobenes Steinchen oder auch nur der kaum wahrzunehmende Abdruck eines Fußes. Schließlich richtete sich der Prinz

auf: »Jemand besiegte einen Riesen«, erklärte er seinen Begleitern. Dann richtete er den Blick in die Ferne. Eiseskälte lag in seiner Stimme, als die schreckliche Drohung von seinen Lippen kam:

»Wenn Buttercup stirbt, werden in Guilder viele zu leiden haben!«

Seine Männer antworteten nicht. Wilde Entschlossenheit zeigte sich in ihren Gesichtern, als sie ihrem Prinzen folgten, der seine Jagd auf menschliche Beute fortsetzte.

Buttercup war am Ende ihrer Kräfte. Rücksichtslos zerrte der Schwarze sie seit Stunden über die felsige Hochebene. Unerbittlich hatte er sie angetrieben, hatte ihr und sich nicht die kleinste Verschnaufpause gegönnt. Hinter dieser schwarzen Maske mußte sich ein Übermensch verbergen, dessen war Buttercup sich ganz sicher. Und sie fragte sich, ob ihr das Schicksal einen Gefallen getan hatte, als es sie aus der Macht der drei Schurken befreit und sie stattdessen auf Gedeih und Verderb diesem Mann ausgeliefert hatte.

Sie war mehr als erstaunt, als er unvermittelt innehielt und seinen festen Griff lockerte. Er deutete auf einen großen Stein und sagte barsch:

»Hier, setzt Euch und ruht Euch etwas aus.«

Buttercup ließ sich erschöpft auf den Felsbrocken fallen. Ganz dicht neben ihr gähnte eine abgrundtiefe Schlucht. Ihr Atem ging schwer, als sie den Schwarzen ansprach:

»Wenn Ihr mich freilaßt«, sagte sie, und ihre Stimme klang verächtlich, »bekommt Ihr jedes geforderte Lösegeld. Ich verspreche es Euch.«

Der Mann in Schwarz, der nach Verfolgern Ausschau

gehalten hatte, wirbelte herum. Seine Antwort war schneidend und voller Hohn.

»Und was ist das wert, das Versprechen einer Frau? Ihr seid wirklich komisch, Hoheit!«

»Ich wollte Euch eine Chance geben«, entgegnete Buttercup betreten, aber ohne Spur von Resignation. »Ganz gleich, wohin Ihr mich bringt, es gibt keinen besseren Jäger als den Prinzen Humperdinck. Er kann an einem bewölkten Tag einen Falken verfolgen. Er wird Euch finden!«

Herausfordernd starrte sie ihren Entführer an, der ihrem Blick standhielt.

»Ihr glaubt, Euer Geliebter wird Euch retten?«

»Ich habe nie gesagt, daß er mein Geliebter ist«, erwiderte das Mädchen aufgebracht, und wilder Zorn blitzte in ihren Augen. »Und doch, er wird mich befreien, soviel weiß ich!«

Der Schwarze trat ganz dicht an sie heran.

»Ihr gebt also zu, daß Ihr Euren Verlobten nicht liebt?«

»Er weiß, daß ich ihn nicht liebe.«

»Ihr seid nicht fähig zu lieben, das wolltet Ihr sagen!« fuhr sie der Mann in Schwarz voller Verachtung an.

»Ich habe inniger geliebt als ein Totschläger wie Ihr es sich jemals vorstellen könnte!« entfuhr es Buttercup voller Wut. Die Hand des Schwarzen zuckte hoch, bereit zum Schlag. Im letzten Moment besann er sich anders.

»Das war eine Warnung, Hoheit.«

Seine Stimme war kalt und drohend, sein Blick stechend.

»Das nächste Mal werde ich die Hand nicht zurückhalten. Da, wo ich herkomme, werden Frauen bestraft, die lügen!«

Prinz Humperdinck schnüffelte an dem kleinen Gefäß, das neben Vizzini lag.

»Jocan«, stellte er schließlich fest, »ich könnte mein Leben darauf wetten.«

Dann schaute er sich das Terrain näher an.

Schon nach wenigen Augenblicken hatte er gefunden, wonach er suchte: »Da sind die Fußspuren der Prinzessin. Sie ist am Leben. Oder war es wenigstens vor einer Stunde noch!«

Sein Blick verdunkelte sich, als er sich an Graf Rugen wandte: »Sollte sie es nicht mehr sein, wenn ich sie finde, dann wäre ich doch sehr verärgert.«

Der Mann mit der Maske versuchte, Buttercup zu besänftigen. »Ruht Euch noch etwas aus, Hoheit«, sagte er, und seine Stimme klang fast versöhnlich. Doch das Mädchen empfand jetzt nur noch Verachtung.

»Ich weiß, wer Ihr seid«, sagte sie, und ihre blauen Augen blitzen voller Haß. »Eure Grausamkeit verrät alles. Gebt es zu, Ihr seid der grausame Pirat Roberts!«

Mit spöttischem Gesicht verbeugte sich der Mann in Schwarz vor ihr: »Und wenn? Ich bin stolz darauf! Was kann ich für Euch tun?«

»Ihr könnt in tausend Stücke zerschnitten langsam Euren Geist aufgeben!«

»Nicht sehr schmeichelhaft, Hoheit«, entgegnete der Schwarze mit breitem Grinsen, »warum speit Ihr Euer Gift gegen mich?«

»Ihr habt meinen Geliebten getötet!«

»Schon möglich«, sagte der Maskierte leichthin, »ich töte viele Menschen. Wer war dieser Geliebte von Euch? Noch so ein Prinz wie dieser, häßlich, reich und voller Pickel?«

»Nein«, entgegnete Buttercup voller Trauer. Fast schien es so, als würde sie der Schmerz über den Verlust Westleys vollends übermannen. Trotz der vielen, vielen Jahre, die seither vergangen waren, drohte ihre Stimme zu versagen.

»Ein armer Stalljunge war er. Arm und vollkommen. Augen hatte er, wie die See nach einem Sturm. Sein Schiff wurde von Euch aufgebracht, und der grausame Pirat Roberts nimmt niemals Gefangene.«

Der Schwarze zeigte sich völlig ungerührt von Buttercups Gefühlsausbruch. »Ich kann mir keine Ausnahmen erlauben«, erklärte er. »Sobald sich herumspricht, daß ein Pirat weich geworden ist, gehorchen die Leute nicht mehr. Und dann hat man nur noch Arbeit, Arbeit, Arbeit.«

»Ihr macht Euch über meinen Schmerz noch lustig«, erwiderte das Mädchen voller Bitterkeit.

Der Mann in Schwarz grinste.

»Das Leben besteht aus Schmerz, Hoheit. Wer das Gegenteil behauptet, will Euch reinlegen.«

Dann schien er einen kurzen Augenblick nachzudenken. Schließlich trat er auf Buttercup zu und sagte zögernd: »Ich kann mich an Euren Stalljungen erinnern, glaube ich. Wie lange ist das her, etwa fünf Jahre?«

Buttercup schwieg.

»Quält es Euch, das zu hören?«

Die Antwort des Mädchens war voller Verachtung: »Nichts, was Ihr sagt, kann mich treffen.«

Der Schwarze schaute ihr für einen kurzen Moment versonnen in die Augen. Dann fuhr er fort:

»Er ist tapfer gestorben. Das sollte Euch trösten. Keine Bestechungsversuche. Kein Gewimmer. Er sagte einfach: ›Bitte, bitte, ich muß leben‹. Es war dieses

›Bitte‹, das meine Erinnerung weckte. Ich fragte ihn, was denn so wichtig für ihn wäre. ›Wahre Liebe‹, sagte er. Und dann erzählte er von einem Mädchen von größter Schönheit und Treue. Ich kann nur annehmen, daß er Euch gemeint hat. Ihr solltet mir dankbar dafür sein, daß ich ihn ausgelöscht habe, bevor er feststellen konnte, was Ihr wirklich seid.«

»Und was bin ich wirklich?« fragte Buttercup, die vor Gram und Verzweiflung völlig außer sich war.

»Von Treue hat er gesprochen, Madam, von Eurer ewigen Treue.« Der Mann in Schwarz stand jetzt ganz dicht vor ihr.

»Jetzt sagt mir die Wahrheit. Als Ihr erfahren habt, daß er tot ist, habt Ihr Euch da mit dem Prinzen sofort verlobt, oder habt Ihr aus Achtung vor seinem Tod eine Woche gewartet?«

»Ihr habt mich schon einmal verspottet«, rief Buttercup voller Schmerz aus. »Tut das nie wieder! Ich bin an jenem Tag gestorben!«

Weit in der Ferne war Hufschlag zu hören. Der Kopf des Maskierten flog herum, um nach den Verfolgern Ausschau zu halten. Diesen kurzen Moment der Unachtsamkeit nutzte die aufs äußerste erregte Buttercup:

»Ihr sollt auch sterben, mir ist alles gleichgültig!« rief sie mit wilder Entschlossenheit und versetzte mit all ihrer Kraft dem Schwarzen einen kräftigen Stoß.

Kopfüber stürzte dieser in die abgrundtiefe Schlucht. Buttercup blickte ihm wie betäubt nach, wie er in wilden Überschlägen und sich verzweifelt wehrend in die Tiefe stürzte. Doch im Fallen rief er ihr drei Worte zu, die ihr Herz fast zum Stillstand brachten:

»Wie ... Ihr ... wünscht!« hörte sie deutlich, während er unaufhaltsam in die Schlucht hinabfiel.

»Oh, mein geliebter Westley!« stieß Buttercup mit entsetzten, weit aufgerisseneen Augen hervor. Nur einen kurzen Augenblick lang war sie unfähig, sich zu bewegen. ›Westley, mein liebster Westley!‹ war das einzige, was sie denken konnte. So nahe war sie ihrem Glück gewesen und hatte es nicht einmal bemerkt. Durch eine glückliche Fügung war er ihr wiedergeschenkt worden, und jetzt war sie, nur sie allein Schuld daran, daß er dieses Mal wirklich den Tod gefunden hatte!

»Was habe ich getan!« rief sie voller Verzweiflung aus. Dann stürzte sie sich ohne zu zögern in die Schlucht, ihrem armen Westley hinterher.

Die Welt drehte sich, wirbelte vor ihren Augen herum. Buttercup bemerkte es nicht. Ihre Arme und Beine schlugen hart an den Fels. Buttercup spürte es nicht. Ihr Gesicht, ihre Hände wurden zerkratzt von dornigen Büschen, die sich an den steilen Abhang klammerten. Buttercup nahm nichts mehr wahr außer dem Schmerz in ihrem Inneren.

›Westley, mein geliebter Westley‹ war alles, was sie denken konnte. Für ihn hätte sie sich mit derselben Todesverachtung auch die Niagara-Fälle hinuntergestürzt.

Buttercup fiel und fiel. Der Vereinigung mit ihrem geliebten Westley entgegen.

Vierzehn Pferde zeichneten sich gegen den Horizont ab. Die Verfolger hatten die Schlucht erreicht. Prinz Humperdinck schien verärgert.

»Verschwunden«, stellte er mit bösem Blick fest. »Er muß gesehen haben, wie wir uns näherten. Das würde seine Panik erklären!«

Doch dann machte er eine Entdeckung, die schlagartig allen Ärger aus seinem Gesicht wischte. Ein böses Lächeln spielte um seinen Mund, als er seinen Vertrauten ansprach: »Wenn ich mich nicht irre, und ich irre mich nie, dann sind sie auf dem direkten Weg in den Feuersumpf!« Graf Rugen ließ ein bellendes Lachen vernehmen. Dann gab er seinen Männern einen Wink, und die Pferde trabten an ...

Regungslos lagen Westley und Buttercup auf dem Boden der Schlucht. Doch dann bewegte sich der junge Mann, der seine Maske verloren hatte, ein wenig. Halb benommen kroch er schließlich auf die Geliebte zu, die eben auch ihre Augen aufschlug.

»Kannst du dich bewegen?« fragte er, und seine Worte waren voller Zärtlichkeit.

»Bewegen?« flüsterte das Mädchen kaum hörbar. »Du lebst! Wenn du willst, kann ich fliegen!«

Ganz behutsam nahm Westley Buttercup in die Arme. »Ich hab dir gesagt, daß ich deinetwegen zurückkehre«, sagte er, und nur ein Hauch, ein winziger Hauch von Vorwurf war in seiner Stimme. »Warum hast du nicht auf mich gewartet?«

»Du ... du warst tot!«

»Der Tod kann die wahre Liebe nicht beenden«, erklärte er, als sei das die selbstverändlichste Sache der Welt, »er kann sie nur vorübergehend aufhalten.«

»Ich werde nie wieder daran zweifeln«, versprach Buttercup.

»Dazu wird es auch nie wieder einen Anlaß geben«. Westley zog seine Geliebte ganz zärtlich an sich. Ihre Lippen fanden sich. In ihrem Kuß lag alle Liebe dieser Welt, und ...

»Ach nein«, stöhnte der Junge gequält auf, »nein, bitte!«

»Was hast du?« fragte der Großvater verständnislos und ließ das Buch sinken. »Was ist los?«

Der Junge sah ihn vorwurfsvoll an.

»Können wir die Küsserei nicht überspringen?« fragte er mit flehender Stimme.

»Eines Tages denkst du sicher anders darüber«, brummte der Großvater kaum hörbar.

Der Junge schnaubte. Welch eigenartige Ideen sein Großvater manchmal hatte! ›Das kommt nur vom dauernden Bücherlesen‹, durchfuhr es ihn plötzlich. Auf der anderen Seite war es offensichtlich gar nicht so übel, wie er immer gedacht hatte. Ganz und gar nicht übel, wenn er es recht bedachte. Sensationell aufregend. Ja, absolut spannend! Von dieser verdammten, langweiligen und völlig ätzenden Küsserei natürlich einmal abgesehen.

Der Junge machte einen Vorschlag: »Mach weiter beim Feuersumpf«, sagte er, »das klang gut!«

»Na gut«, murmelte der Opa. »Du bist krank, dein Wunsch ist mir Befehl.«

Er nahm das Buch wieder auf und begann, suchend darin herumzublättern.

»Also, wo waren wir? Ach ja, okay. Westley und Buttercup liefen die tiefe Schlucht entlang . . .«

. . . Es war Westley, der die Reiter am Horizont entdeckte. Mit einem erheiterten Lachen zeigte er auf sie.

»Sieh, dein widerlicher Verlobter kommt zu spät«, sagte er voller Freude. »Nur noch ein paar Schritte, und wir sind im Feuersumpf in Sicherheit.«

Buttercup sah ihn voller Besorgnis an.

»Das überleben wir nicht«, sagte sie schließlich.

»Unsinn«, erwiderte Westley, »das sagst du nur, weil es noch keiner vor uns überlebt hat.«

Der Feuersumpf war noch entsetzlicher, als Buttercup ihn sich vorgestellt hatte. Riesenhafte Bäume standen dicht an dicht. Ihre großen Blätter versperrten jedem Sonnenstrahl den Weg, so daß am Boden blaue Dämmerung herrschte. Mächtige Lianen und andere Schlingpflanzen rankten sich drohend zwischen den Bäumen empor, Sträucher und riesige Farne wuchsen auf dem feuchten, glitschigen Boden und bildeten ein fast undurchdringliches Dickicht.

Die Luft roch nach Fäulnis und Moder. Fremdartige, bedrohlich klingende Laute kamen aus dem dichten düsteren Grün. Westley hatte seine Waffe gezogen und schlug mühsam einen Weg durch das Gestrüpp. Buttercup folgte ihm.

»Gar nicht so übel, finde ich«, sagte Westley und durchtrennte mit einem Hieb eine Liane, die ihnen den Weg versperrte. »Ich behaupte ja nicht, daß ich hier ein Ferienhaus bauen möchte, aber die Bäume sind eigentlich ganz hübsch.«

Buttercup, die nur zu genau wußte, daß er dies nur sagte, um ihr die Angst zu nehmen, antwortete nicht. Plötzlich ertönte ganz dicht neben ihr ein dumpfer, explosionsartiger Knall. Sekunden später schoß dort eine hell aufleuchtende Feuersäule aus dem Boden. Augenblicklich stand das lange Kleid des Mädchens in Flammen.

Buttercup schrie auf. Westley stürzte zu ihr hin und riß sie zu Boden. Er wälzte sie hin und her, trat mit den Füßen auf die züngelnden Flammen. Endlich war das Feuer erstickt.

»Tja«, sagte Westley und wischte sich den Schweiß von der Stirn, »das war vielleicht ein Abenteuer. Bist du etwa auch angesengt worden?«

Buttercup schüttelte den Kopf. Hand in Hand gingen sie weiter. Schon nach wenigen Augenblicken war erneut ein dumpfer Knall zu hören. Doch diesmal war Westley auf der Hut. Er packte Buttercup an den Hüften und hob sie blitzschnell auf die anderen Seite des schmalen Pfades. Die mächtige Feuersäule zuckte ins Leere.

»Also, eines muß ich ja sagen«, stellte Westley fest, und ein scheinbar sorgloses Lächeln spielte um seine Lippen. »Der Feuersumpf hält einen ganz schön auf Trab.«

Wieder blitzte seine Klinge auf, um den Weg freizuschlagen. Immer wieder schaute sich Buttercup ängstlich um. Westley, der ihre Unruhe natürlich bemerkte, versuchte, ihr Mut zu machen.

»Bald ist das alles hier nur eine schöne Erinnerung. Denn Roberts' Schiff ›Revenge‹ liegt am anderen Endes des Feuersumpfes vor Anker. Und wie du weißt, bin ich Roberts.«

Buttercup sah ihn verständnislos an. Sie war voller Fragen: »Aber wie ist das denn möglich«, wollte sie wissen. »Er treibt doch schon seit zwanzig Jahren sein Unwesen, und du hast mich erst vor fünf Jahren verlassen.«

Der Urwald wurde immer dichter, der Boden immer trügerischer. Grünschwarze Moder-Brühe schwappte um ihre Füße.

Plötzlich versperrte ihnen ein breiter Kanal mit brackigem Sumpfwasser den Weg. Ab und zu öffnete sich gurgelnd seine Oberfläche, um dann blubbernd stinkende Gase abzusondern. Ein morscher Baumstamm, der vor Jahren während eines Sturmes umgefallen war, lief quer durch das Wasser.

Westley nahm Buttercup auf seine starken Arme. Mit vorsichtigen Schritten balancierte er über den glitschigen Stamm. Ein falscher Schritt, und beide würden vom Sumpf verschlungen werden, ohne die geringste Spur zu hinterlassen.

Endlich hatten sie das andere Ufer erreicht. Während er seinen Weg durch den Dschungel hieb, erzählte Westley:

»Manchmal wundere ich mich selbst darüber, wie das Leben spielt. Weißt du, was ich dir vorhin von diesem ›Bitte‹ erzählt habe, war die Wahrheit. Das hat Roberts beeindruckt. Genauso wie meine Beschreibung deiner Schönheit.

Der grausame Pirat Roberts hatte also unser Schiff

aufgebracht und versenkt. Alle sollten wir getötet werden. Als ich an die Reihe kam, erzählte ich unsere Geschichte. Roberts sah mich lange Zeit nachdenklich an, dann faßte er einen Entschluß. ›Westley‹, sagte er, ›ich hatte nie einen Diener. Heute abend kannst du es versuchen. Wahrscheinlich bringe ich dich morgen früh um‹. Das hat er drei Jahre lang gesagt. ›Gute Nacht, Westley. Du hast gute Arbeit geleistet. Schlaf gut, wahrscheinlich bringe ich dich morgen früh um‹.

Das war eine schöne Zeit für mich. Ich lernte fechten, kämpfen, alles, war mir irgend jemand beibringen konnte. Und allmählich wurden Roberts und ich Freunde. Und dann ist es passiert!«

»Was?«

Westley machte eine Pause.

»Was ist passiert?« drängte Buttercup. »Erzähl schon weiter!«

»Na gut«, fuhr er fort. »Roberts war inzwischen so reich, daß er sich zur Ruhe setzen wollte. Also nahm er mich eines Abends mit in seine Kabine und verriet mir sein Geheimnis. ›Westley‹, sagte er, ›ich bin nicht der grausame Pirat Roberts. Mein wirklicher Name ist Ryan. Ich habe dieses Schiff vom früheren Piraten Roberts geerbt. Genauso, wie du es nun von mir erben wirst. Der Mann, von dem ich es geerbt habe, war auch nicht der echte grausame Pirat Roberts. Sein Name war Cumberland. Der echte Roberts hat sich vor fünfzehn Jahren zur Ruhe gesetzt und lebt wie ein König in Patagonien.‹ Dann hat er mir erklärt, daß der Name das wichtigste sei, um die nötige Angst zu verbreiten. Weißt du, niemand würde sich ergeben vor dem grausamen Piraten Westley«, wandte er sich erklärend an Buttercup.

»Also gingen wir an Land, heuerten eine ganz neue

Crew an, und er blieb eine Zeitlang als erster Maat an Bord. Und die ganze Zeit nannte er mich Roberts. Sobald die Crew überzeugt war, verließ er das Schiff, und seitdem bin ich Roberts.«

Westley und Buttercup traten jetzt hinaus auf eine kleine, relativ helle Lichtung, die überraschenderweise überaus trockenen Boden aufwies. Westley atmete erleichtert auf. »Jetzt, da wir zusammen sind, mein Schatz, setze ich mich zur Ruhe«, versprach er, »und übergebe den Namen einem anderen. Hast du alles verstanden, Liebste?«

Buttercup machte einen Schritt auf ihn zu. Doch plötzlich trat sie ins Leere, und sie stürzte in ein weißes Nichts.

›Flugsand‹, schoß es Westley durch den Kopf, ›der alles verschlingende Flugsand, aus dem es keine Rettung gibt!‹ Blitzschnell griff er nach der nächsten Liane, schlang sie um die Hüfte und stürzte kopfüber in den weißen Sand. Sekunden später war er verschwunden. Nur das grüne Gewächs, das der Flugsand gierig in sich aufzusaugen schien, zeigte, wie rasend schnell er in die Tiefe glitt.

Dann plötzlich war Stille. Fast schien es so, als hielte der Feuersumpf den Atem an. Nach kurzer Zeit allerdings brach ein Tier mit lautem Krachen durch das Unterholz und folgte geräuschvoll schnüffelnd den Spuren von Westley und Buttercup. Doch das war kein gewöhnliches Tier: Dieser Vierbeiner bot einen ekligen, furchterregenden Anblick. Er glich einer überdimensionalen Ratte. Das graue Fell war struppig, der lange Schwanz glatt und kahl. In seinem spitz zulaufenden Kopf funkelten böse rote Augen, und seine Kiefer waren mit langen, gefährlich spitzen Zähnen gespickt.

Jetzt war es beim Flugsand angelangt, schnupperte

für einen kurzen Augenblick an der Liane, die sich seit einigen Sekunden nicht mehr bewegte, machte dann kehrt und verschwand im dämmerigen Dschungel des Feuersumpfes. Viel zu lange Zeit geschah nichts. Der Flugsand hatte Westley und Buttercup verschlungen wie ein Grab, und er schien sie nie mehr freigeben zu wollen. Niemals wieder.

Doch plötzlich geschah ein Wunder: Die Oberfläche des Flugsandes teilte sich, und eine Hand kam zum Vorschein. Wie die eines ertrinkenden Schwimmers streckte sie sich hilfesuchend aus den weißen Sandfluten. Dann packte sie die rettende Liane, die andere Hand kam nach, darauf ein Kopf, und nach kurzer Zeit hatte Westley sich und seine Buttercup aus der tödlichen Falle befreit. Sie waren über und über mit dem klebrigen Sand bedeckt, als sie schwer nach Luft ringend auf sicherem Boden niedersanken. Der Sand war überall: in den Augen, Ohren, in der Nase, im Mund. Doch all dies war ohne Bedeutung. Das einzige, was jetzt zählte, war, daß sie am Leben waren, dem Flugsand, aus dem es keine Rettung gab, entronnen, und daß sie einander wiederhatten.

Sie brauchten lange Zeit, bis sie wieder einigermaßen bei Kräften waren. Buttercup schien von diesem Erlebnis doch stärker mitgenommen, als es zuerst den Anschein hatte. Mit Verzweiflung in den Augen und noch gezeichnet von der tödlichen Gefahr, der sie eben mit knapper Not entkommen waren, blickte sie Westley an.

»Wir schaffen es nie«, sagte sie mit schwacher Stimme, »wir können genauso gut hier sterben.«

Westley, dem jeder Gedanke an Resignation oder Aufgabe fremd war, versuchte, sie aufzumuntern. »Nein, nein«, wehrte er ab, und sein Atem ging immer noch keuchend und schwer, »wir haben es schon geschafft.« Buttercup hätte ihm gerne geglaubt. Doch erschöpft schlug sie die Augen nieder, streckte sich lang auf dem Boden aus, und wenn dies das Ende gewesen wäre, hätte sie auch das hingenommen. Westley war bei ihr, und mochte ihr Schicksal noch so grausam sein – sie würden wenigstens zusammen sterben.

Doch schon nach erstaunlich kurzer Zeit hatte sie sich wieder soweit erholt, daß sie an der Hand ihres Geliebten die Flucht durch den Feuersumpf fortsetzen konnte. Westley machte ihr eben klar, daß eine Durchquerung dieses als überaus gefährlich geltenden Sumpfes verglichen mit einem Morgenspaziergang durch die grünen und hohen Wälder Florins geradezu ein Kinderspiel war.

»Ich meine, was sind denn schon die drei Schrecken des Feuersumpfes«, sagte er leichthin, während in einer Astgabel über ihm der Kopf einer riesigen Ratte auftauchte, die die beiden mordgierig beobachtete. »Erstens, die Flammenschüsse. Kein Problem!«

Und wie zur Illustration von Westleys Ausführungen ließ sich der bekannte dumpfe Knall hören. Westley packte seine Geliebte fast beiläufig und hob sie einer Feder gleich zur Seite, so daß ihr die Feuerzunge nichts anhaben konnte.

»Siehst du«, fuhr er mit seiner Erklärung fort, während eine zweite Ratte in seinem Rücken ihre spitzen Zähne fletschte, »vorher gibt's jedesmal ein Knallgeräusch, und daher können wir den Flammenschüssen entgehen.

Zweitens gibt es Treibsand. Nun, jetzt weißt du, wie er aussieht, also können wir auch ihm entgehen.« Buttercup unterbrach ihn:

»Aber Westley, was ist mit den Riesenratten?« Westley lächelte. »Die Ratten von unglaublicher Größe? Ich glaube nicht, daß es die gibt.«

Der Angriff des Untiers traf ihn völlig unvorbereitet. Von einem Baum herab sprang es ihn an und riß ihn zu Boden. Heißer, stinkender Atem schlug Westley entgegen, als das Rattenmonster seinen Kiefer aufriß, um ihm an die Kehle zu fahren. Mit einem Hieb auf die Nase der Bestie konnte er den Angriff zunächst abwehren. Fest ineinander verkrallt rollten Westley und die Ratte in wütendem Kampf über den Boden. Das Tier fauchte und schrie. Westley keuchte.

Buttercup stand daneben und mußte völlig hilflos das tödliche Ringen mitansehen. Jetzt gelang es Westley, seine Füße in den Bauch des Tieres zu stemmen. Mit einem kräftigen Stoß schleuderte er die Ratte über sich, allerdings genau vor Buttercups Füße.

»Westley«, schrie sie voller Entsetzen auf, als sich das wütende Tier auf sie stürzte. Und dann flüchtete sie. Das heißt, sie versuchte zu fliehen, aber die Ratte hatte sie schon nach wenigen Augenblicken eingeholt. Ihre Zähne schlugen in das Kleid des Mädchens, das zu Boden fiel. Gleich würde es um Buttercup geschehen sein. Im allerletzten Moment bekam Westley, der sich inzwischen aufgerappelt hatte, den langen Schwanz des Untiers zu fassen. Bevor es über das Mädchen herfallen konnte, gelang es ihrem Geliebten, die Bestie wegzuziehen, so daß dessen Zähne wieder nur in das Kleid schlugen, wo sie sich festbissen. Buttercup griff verzweifelt nach einem abgebrochenen Ast. Während Westley am Schwanz der Ratte zerrte, schlug sie ihr in ihrer Todesangst immer wieder auf den Kopf, wieder und immer wieder. Endlich riß ihr Kleid mit einem heftigen Ruck in Fetzen, das Mädchen war aus den Fängen der Ratte befreit.

Buttercup warf sich blitzschnell herum und brachte sich so fürs erste in Sicherheit, während die furchtbare Kreatur nun erneut über Westley herfiel. Die Erfolglosigkeit ihrer bisherigen Attacke hatte sie so wütend gemacht, daß sie nun mit erschreckender Heftigkeit zuschlug. Ihre unersättliche Blutgier ließ die Augen bösartig funkeln, als sie ihre Zähne in Westleys Schulter schlug. Der Junge stöhnte vor Schmerz auf, während sein Hemd sich rasch blutrot färbte. Erneut biß die Ratte zu. Der Geruch des warmen Blutes hatte sie jetzt rasend gemacht. Wieder und wieder blitzten die Zähne auf. Als sie schon im Begriff waren, fauchend in Westleys Kehle zu fahren, gelang es dem Jungen in letzter Sekunde, seine Faust in den Rachen des Untiers zu stoßen.

Den Schmerz spürte er kaum noch, denn es war ihm mit erschreckender Gewißheit klar geworden, daß es jetzt um Leben und Tod ging. Und was zählte schon sein Schmerz verglichen mit dem Tod Buttercups, der besiegelt wäre, sollte er verlieren. Und ihre Chancen standen schlecht. Die Ratte lag mit ihrer ganzen riesigen Gestalt auf Westley, nagelte ihn am Boden fest, während ihre Zähne sich wieder in seine Schulter bohrten.

Plötzlich hörte er dicht neben sich das dumpfe Knallen, das die Feuerschüsse ankündigte. Er nahm noch einmal alle Kraft zusammen und wälzte sich mitsamt der Ratte in die Richtung der Explosion. Und da loderte auch schon eine mächtige Feuerflamme empor und erfaßte den Rücken des Tieres. Augenblicklich stand das Fell der Ratte in hellen Flammen. Schrill aufquiekend ließ sie von Westley ab, der rasch aufsprang, wälzte sich auf dem Boden und stieß dabei immer entsetzlichere Schmerzenslaute aus. Doch nach wenigen

Augenblicken hatte das Tier mit tödlicher Intelligenz die Flammen erstickt. Sein noch qualmendes, verkohltes Fell verbreitete einen pestilenzartigen Brandgeruch, als es Westley erneut angriff. Diesmal jedoch war er vorbereitet: Mit einer einzigen blitzschnellen Bewegung stieß er der Riesenratte seinen Degen mitten ins Herz. Ein letzter, furchtbarer Schrei, und das Tier bracht tot zusammen. Westley und Buttercup flüchteten Hand in Hand, während sich zwei weitere Ratten auf ihren toten Artgenossen stürzten, um ihn gierig zu verschlingen.

Eine Stunde später lag der Feuersumpf endlich hinter ihnen. »Wir haben es geschafft«, stieß Buttercup freudig hervor, als sie zwischen den lichten Bäumen die offene See schimmern sah.

Westley nahm sie in die Arme, ohne auf seine schmerzende Schulter zu achten. »War das denn so schlimm?« fragte er sanft und war drauf und dran, ihr den zärtlichsten, aufregendsten und leidenschaftlichsten Kuß zu geben, den die Welt je erlebt hatte, wenn . . . ja wenn Prinz Humperdinck ihn nicht plötzlich aus allen Träumen gerissen hätte.

»Ergebt Euch«, donnerte seine mächtige Stimme, und dann erschienen er und Graf Rugen hoch zu Pferd zwischen den Bäumen. Westley riß seinen Degen aus der Scheide und starrte den Prinzen voller Angriffslust an.

»Ihr meint, Ihr wollt Euch mir ergeben«, schrie er, und seine Stimme stand der Humperdincks in nichts nach. »Sehr gut. Ich akzeptiere«.

Graf Rugen hob die Hand. Schwerbewaffnete Reiter preschten aus ihrem Versteck, in dem sie im Hinterhalt gelegen hatten.

»Ich erkenne in jeder Weise Eure Tapferkeit an«, sagte Prinz Humperdinck, »aber macht Euch nicht zum Narren.«

»Ach, wirklich?« Westley gab sich nicht geschlagen. »Dann verratet uns doch, wie Ihr uns fangen wollt? Wir kennen die Geheimnisse des Feuersumpfes. Wir können eine ganze Zeit glücklich dort leben. Also, wenn Ihr sterben möchtet, könnt Ihr uns dort gerne besuchen.«

Graf Rugen machte eine zweite Bewegung mit seiner Rechten. Behelmte Krieger traten hinter den mächtigen Bäumen hervor, die am Rande des Sumpfes standen, die gespannte Armbrust im Anschlag. Westley und Buttercup waren von übermächtigen Feinden umzingelt.

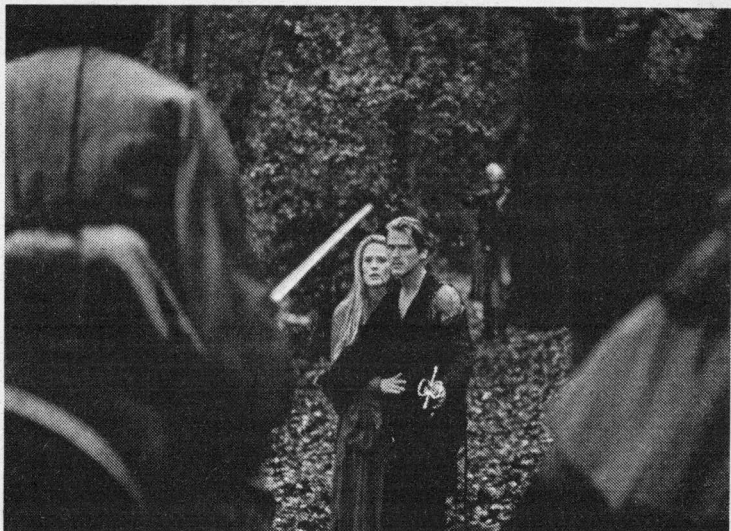

»Ich sage es Euch noch einmal«, Humperdincks Stimme klang kalt und entschlossen, »Ergebt Euch!«

»Das wird nie geschehen«, war Westleys ebenso entschlossene Antwort.

»Zum letzten Mal«, Humperdinck war jetzt voller Wut, »Ergebt Euch!«

»Eher sterbe ich!«

Die Männer des Prinzen machten sich bereit, zum Angriff überzugehen. Buttercup ließ Westleys Hand los und trat einen Schritt vor.

»Versprecht Ihr mir, daß Ihr ihm nichts antun werdet?« wandte sie sich an den Prinzen.

»Was war das?« fragte Humperdinck voller Überraschung.

»Was war das?« fragte auch Westley, und seine Verblüffung war eher noch größer.

»Wenn wir uns ergeben«, erklärte Buttercup tonlos, »und ich mit Euch zurückkehre, versprecht Ihr dann, daß Ihr diesem Mann nichts antut?«

Prinz Humperdinck hob die Hand zum Schwur. »Möge ich tausend Jahre leben und nie wieder auf die Jagd gehen«, versprach er feierlich.

»Er ist Matrose auf dem Piratenschiff ›Revenge‹«, erklärte Buttercup, während Westley sie immer noch vollkommen verständnislos anstarrte, »versprecht mir, ihn auf sein Schiff zurückzubringen.«

»Ich schwöre, so wird es geschehen!«

Die Miene des Prinzen ließ keinen Zweifel darüber aufkommen, daß er sein Wort auch nicht für eine Minute zu halten gedachte. Er beugte sich zu Graf Rugen und flüsterte ihm ins Ohr:

»Sobald wir außer Sicht sind, bringt Ihr ihn nach Florin zurück und werft ihn in die Höhle der Verzweiflung!«

»Ich schwöre, so wird es geschehen«, versprach der Graf mit einem verschlagenen Grinsen.

Westley starrte seine Geliebte immer noch fassungslos an. Ihm war, als sei soeben seine ganze Welt in Scherben gegangen. Voller Trauer versuchte Buttercup, ihr Tun zu erklären:

»Ich habe dich schon einmal für tot gehalten«, sprach sie, und in ihrer Stimme lag die flehende Bitte um Verständnis, »und das hat mich beinahe umgebracht. Wenn du noch einmal sterben würdest, das könnte ich nicht ertragen.«

In diesem Augenblick preschte Prinz Humperdinck heran, packte Buttercup, hob sie aufs Pferd und galoppierte mit ihr davon.

»Nicht, wenn ich dich retten kann«, konnte das Mädchen gerade noch rufen, dann war sie Westleys Augen entschwunden.

»Kommen Sie, Sir«, ließ sich nun Graf Rugen mit vor Hohn triefender Stimme vernehmen, »wir müssen Euch auf Euer Schiff bringen.«

Mit aufrechtem Gang schritt Westley auf das Pferd des Grafen zu und blickte ihm ohne Furcht ins Gesicht, daß voller Verschlagenheit und Falsch war.

»Wir sind Männer der Tat«, sagte er mit fester Stimme, »Lügen passen nicht zu unsereinem.«

Graf Rugen lachte. Dann nickte er mit dem Kopf. »Ein guter Ausspruch, Sir«, sagte er anerkennend. Da bemerkte er, daß Westley mit großen Augen auf seine rechte Hand starrte, die am Sattelknauf ruhte.

»Was ist?«

»Ihr habt sechs Finger an Eurer rechten Hand!« Westley deutete auf die behandschuhte Rechte des Grafen, die in der Tat sechs Finger aufwies.

»Jemand hat nach Euch gesucht«, konnte er gerade noch erklären, bevor Rugen ihm mit kalter Wut den Griff seiner schweren Degens an den Hinterkopf schmetterte und ihm die Sinne raubte.

Westley ging auf eine weite Reise durch die Dunkelheit. Mit schwindelerregender Geschwindigkeit schossen die Sterne und Planeten an ihm vorbei. Schließlich gelangte er in den Himmel, der von Millionen von hellen Lichtern erleuchtet war. Ein Engel mit leuchtend blonden Haaren und einem überirdisch strahlenden Gesicht beugte sich über ihn. Westley war unfähig, sich zu bewegen. Dann kam er zu sich und schlug die Augen auf. Natürlich war er nicht im Himmel, sondern in einer feuchten, muffigen Höhle, die von Hunderten von flackernden Kerzen spärlich erleuchtet wurde.

Und das Gesicht, das sich über ihn beugte, war auch nicht das eines Engels, sondern gehörte einem fettleibigen Albino. Die grauweißen Haare hingen in fettigen Strähnen, seine Haut hatte die kalkige Farbe eines Höhlentieres.

»Wo bin ich?« fragte Westley und zerrte an den festen Lederriemen, mit denen er auf einer hölzernen Pritsche festgeschnallt war.

»Du bist in der Höhle der Verzweiflung!«

Die Stimme des Albinos war heiser und krächzend. »Denk bloß nicht daran zu fliehen«, fuhr er fort, während er mit einem feuchten Tuch Westleys Schulterwunde vorsichtig säuberte, »denn deine Fesseln sind viel zu stark. Und träum auch nicht davon, gerettet zu werden. Es gibt nämlich nur einen Eingang, und der ist geheim. Nur der Prinz, der Graf und ich kennen ihn.«

»Also bleibe ich hier, bis ich sterbe?«

Der Albino nickte mit freudig erregtem Gesicht.

»Bis sie dich töten, ja!«

»Warum kümmerst du dich dann noch um mich?«

»Der Prinz und der Graf bestehen darauf, daß alle gesund sind, bevor sie gebrochen werden.«

Westley verstand.

»Ich soll also gefoltert werden«, fragte er, nur um ganz sicher zu gehen.

Der Albino nickte zustimmend.

»Mit der Folter werde ich fertig!«

Mit breitem Grinsen schüttelte das Kalkgesicht seinen Kopf.

»Glaubst du mir etwa nicht?«

»Du hast den Feuersumpf überlebt, also mußt du sehr tapfer sein.« Der Albino beugte sich ganz dicht zu Westley, kroch ihm fast ins Gesicht. »Aber niemand übersteht die Maschine!«

Ein krächzendes Lachen kam über seine Lippen, als er in eine dunkle Ecke deutete. Westley wandte den Kopf. Was er dort erblickte, ließ ihm das Blut in den Adern gefrieren.

Mit ausdruckslosem Gesicht ging Buttercup durch die von Fackeln erleuchteten Gänge des Floriner Königsschlosses. Sie glich einer Schlafwandlerin, die sich in einer imaginären Welt bewegt und die Realität nicht wahrnimmt. Ihr Blick war stumpf und ohne Leben, als sie mit gesenktem Haupt an Prinz Humperdinck und Graf Rugen vorbeischlich. Beide blickten ihr nach, als sie sich mit dem Gang einer alten Frau entfernte.

»Sie verhält sich so seit dem Feuersumpf«, erklärte Humperdinck seinem Berater, als er dessen fragendes Gesicht bemerkte, »meines Vaters schlechte Gesundheit beunruhigt sie, die Gute.«

»Natürlich, natürlich«, beeilte sich Graf Rugen seinem Prinzen beizupflichten, obwohl er wußte, daß Buttercups Kummer und Schmerz ganz andere Gründe hatte.

Der alte König starb in jener Nacht. Vor dem nächsten Morgengrauen wurden Buttercup und Humperdinck in der Schloßkapelle vermählt. Nur wenige Gääste wohnten der eiligen Zeremonie bei, die vom Bischof persönlich vorgenommen wurde.

Am Mittag war der große Platz in Florin schwarz vor Menschen. Und als die Sonne ihren höchsten Stand am Himmel erreicht hatte, trat Buttercup erneut vor ihre Untertanen − diesmal als ihre Königin. Mit stolzem Gesicht wandte sich Humperdinck an sein Volk:

»Meines Vaters letzte Worte waren . . .«

»Moment mal, Moment mal, Opa!«

Die Stimme des Jungen klang empört. Überraschung und Zweifel standen ihm ins Gesicht geschrieben. »Das hast du falsch gelesen. Sie heiratet nicht den Humperdinck, sie heiratet Westley. Ich bin ganz sicher.« Er stockte für einen Moment und schaute seinen Großvater fragend an. Dieser blickte wortlos auf seinen Enkel.

»Nach allem, was Westley für sie getan hat«, fuhr der Junge fort, »wenn sie ihn dann nicht heiratet, das wäre nicht fair!«

Der Großvater zuckte mit den Schultern, zog die Stirn in Falten. Über seine Brille hinweg schaute er den Jungen an. »Tja, mein Bester«, sagte er dann, »wer sagt, daß das Leben fair ist? Wo steht das geschrieben? Das Leben ist nicht fair.«

Der Junge verstand die Welt nicht mehr. Das meiste, was er über das Leben wußte, hatte er vom Fernsehen gelernt. Noch nie hatte er erlebt, daß der Held scheiterte und am Ende um seinen verdienten Lohn oder seine Liebe gebracht wurde. Das gab es einfach nicht. Buttercup konnte Humperdinck gar nicht heiraten. Und wenn sie es dennoch tat, gab es dafür nur eine einzige Erklärung: »Du bringst die Geschichte völlig durcheinander, Opa, das sage ich dir!« Die Stimme des Jungen klang vorwurfsvoll und anklagend. »Jetzt erzähle sie endlich richtig.«

»Möchtest du, daß ich weitermache?« fragte der Großvater, und seine Stimme klang ein wenig ärgerlich.

»Ja, ja, natürlich!«

»Na schön«, sagte der alte Mann und nahm das Buch wieder auf. »Aber keine weiteren Unterbrechungen mehr, wenn ich bitten darf.«

Als die Sonne ihren höchsten Stand erreicht hatte, trat Buttercup erneut vor ihre Untertanen. Diesmal als ihre Königin. Mit stolzem Gesicht wandte sich Humperdinck an sein Volk:

»Meines Vaters letzte Worte waren . . . ›Liebe sie, so wie ich sie geliebt habe, und Freude wird herrschen‹.«

Der Prinz trat nun ganz dicht an die Brüstung des Balkons. Mit feierlicher Stimme verkündete er:

»Bürger und Bürgerinnen von Florin, ich stelle euch eure Königin vor: Königin Buttercup!« Und genau wie bei der Präsentation seiner Braut wenige Wochen zuvor wies er auch diesmal mit einer majestätischen, ja herrischen Geste auf das Portal des königlichen Schlosses.

Wieder öffnete sich die schwere Tür ganz langsam, helles, gleißendes Licht, das vielleicht sogar noch eine Spur leuchtender war als damals, drang nach draußen, und Buttercup stieg erneut voller Anmut, fast feengleich die Stufen der großen Freitreppe herunter. Der einzige Unterschied bestand darin, daß Buttercup diesmal ein märchenhaftes weißes Kleid trug, und daß ihr Haupt von einer wunderschönen Königskrone geschmückt war.

Als sie am Fuße der Treppe angelangt war, verstummte die Menge — wie konnte es auch anders sein? — und alle ihre Untertanen sanken voll stummer Ehrfurcht vor ihr in die Knie. Das heißt: alle bis auf eine alte Frau.

Sie hatte eine Habichtsnase, und dicke Warzen verunstalteten ihr Gesicht. Ihre dünnen, grauen Haare wurden durch ein verschlissenes Kopftuch verdeckt. Mit zornrotem Gesicht kam sie auf Buttercup zu. »Buh«, schrie sie, und jeder auf dem Marktplatz konnte sie hören, »Buh, buh!«

Buttercup war fassungslos. »Warum tust du das?« fragte sie die Alte.

»Weil Ihr die Liebe in Euren Händen hattet«, war die verächtliche Antwort, »und darauf verzichtet habt!«

»Aber sie hätten Westley getötet, wenn ich es nicht getan hätte«, versuchte Buttercup sich mit zitternder Stimme zu rechtfertigen. Das brachte die Alte nur noch mehr auf.

»Euer wahrer Geliebter lebt«, keifte sie, »und Ihr heiratet einen anderen!« Dann wandte sie sich an das immer noch kniende Volk von Florin, das die ganze Szene natürlich voller Neugier verfolgt hatte.

»Wahre Liebe rettete sie aus dem Feuersumpf«, verkündete die Alte mit lauter Stimme, »und sie behandelt sie wie Abfall! Und das ist sie, die Königin des Abfalls. Also verbeugt euch vor ihr, wenn ihr wollt, verbeugt euch vor ihr!«

Immer näher kam sie. Buttercup stand wie angewurzelt. »Buh!« schrie die Alte voller Abscheu. »Buh! Abfall! Dreck! Schleim! Mist!« brüllte sie, und Buttercup war den Tränen nahe.

Und gerade, als die Alte ihr ins Gesicht spucken wollte, fuhr sie schweißgebadet und völlig verstört aus ihrem entsetzlichen Traum hoch. Es waren noch zehn Tage bis zur Hochzeit, der König lebte noch, aber Buttercups Alpträume wurden von Nacht zu Nacht schlimmer.

»Siehst du, Opa«, Triumph war in der Stimme des Jungen. »Hab ich's dir nicht gleich gesagt, daß sie nie diesen lausigen Humperdinck heiraten wird?!«

»Ja, du bist sehr gescheit«, mußte der Großvater lächelnd zugeben. »Aber jetzt sei endlich still!«

Prinz Humperdinck und Graf Rugen saßen gerade über den Staatsgeschäften und dachten angestrengt darüber nach, wie sie die Abgaben der Bürger erhöhen und ihnen dies gleichzeitig als großartige Steuerreform verkaufen könnten, als Buttercup in das Arbeitszimmer des Prinzen und vor seinen Schreibtisch trat.

»Hört meinen Entschluß«, sagte sie zu Humperdinck, ohne den Grafen auch nur eines Blickes zu würdigen. »Ich liebe Westley! Ich habe ihn immer geliebt, und ich weiß, daß ich ihn immer lieben werde. Wenn Ihr mir sagt, daß ich Euch in zehn Tagen heiraten soll, dann, glaubt mir, bin ich bereits morgen früh tot!«

Mit fester Entschlossenheit starrte sie Humperdinck an. Der Prinz schien für einen kurzen Moment verwirrt. Dann legte er seine Schreibfeder zur Seite, erhob sich von seinem prächtigen Schreibtischsessel und schritt mit nervösem Lächeln auf Buttercup zu.

»Ich könnte Euch niemals Kummer bereiten«, sagte er, »unsere Hochzeit könnt Ihr vergessen.«

Dann wandte er sich an den Grafen: »Mein lieber Rugen, Ihr habt diesen Westley doch zu seinem Schiff zurückgebracht?«

Rugen nickte: »Selbstverständlich, Hoheit!«

»Na seht Ihr«, wandte sich Humperdinck wieder an Buttercup, »ich denke, es ist am besten, wir werden ihn einfach informieren. Aber bevor wir das tun, meine Geliebte« − sein Blick schien echtes Mitgefühl und Besorgnis auszudrücken − »solltet Ihr Euch fragen, ob Ihr sicher sein könnt, daß er Euch noch will? Immerhin wart Ihr es, die ihn im Feuersumpf verlassen hat. Ganz zu schweigen davon, daß . . . äh« − Unbemerkt von Buttercup wechselte er ein verstohlenes Grinsen mit Graf Rugen − »daß Piraten keinen guten Ruf als Ehrenmänner haben.«

»Mein Westley kommt auf jeden Fall zu mir zurück«, antwortete das Mädchen voll unerschütterlicher Zuversicht.

»Nun gut«, sagte Prinz Humperdinck und begann, die Hände auf dem Rücken verschränkt, in dem hohen Raum, der nur von einigen Kerzen und dem Kaminfeuer beleuchtet wurde, auf und ab zu gehen, »wenn das so ist, schlage ich ein Geschäft vor. Ihr werdet vier

Kopien eines Briefes schreiben, und ich verschicke sie mit meinen vier schnellsten Schiffen in alle vier Himmelsrichtungen. Der Grausame Pirat Roberts ist zu dieser Jahreszeit immer in der Nähe von Florin.«

Wieder grinsten Rugen und er sich an. Dann wandte Humperdinck seinen Blick wieder Buttercup zu und fuhr fort:

»Wir werden also die weiße Flagge hissen und ihm Eure Botschaft überreichen. Wenn Westley Euch will, so habt Ihr meinen Segen. Wenn nicht . . .«, er stand jetzt ganz dicht vor Buttercup und schaute ihr fest in die Augen – ». . . dann betrachtete mich bitte als Alternative zum Selbstmord. Abgemacht?«

Buttercup antwortete nicht. Dann machte sie kehrt und verließ den Raum.

Am nächsten Morgen spazierten Prinz Humperdinck und Graf Rugen durch einen der prächtigsten Eichenhaine Florins. Tausendjährige Bäume knarzten leise in der morgendlichen Brise, die Herbstsonne sprenkelte den Boden. Laub raschelte unter den Füßen der Männer, als sie in ein Gespräch vertieft dahinschritten.

»Eure Braut ist ein wirklich charmantes Wesen«, bemerkte Rugen gerade, »ein bißchen einfältig vielleicht, aber unbestreitbar reizend.«

»Ja, ich weiß«, antwortete Prinz Humperdinck. »Aber bedenkt bitte eins: das Volk mag sie sehr.«

Rugen pflichtete ihm mit einem stummen, einverständlichen Nicken bei. Nachdenklich blinzelte Humperdinck in die Morgensonne. Dann sagte er: »Es ist eigenartig. Als ich Vizzini anheuerte, um sie an unserem Verlobungstag ermorden zu lassen, da dachte ich, das sei clever. Aber, mein lieber Rugen, findet Ihr nicht auch, daß es viel besser sein wird, wenn ich sie in unserer Hochzeitsnacht erwürge?«

Rugens Antwort war ein schurkisches Grinsen.

»Wenn wir Guilder die Schuld am Tod unserer geliebten Königin zuschieben, wird sich das Volk von Florin empören und verlangen, daß wir den Krieg erklären.«

Die teuflische Verschlagenheit seines Prinzen ließ Rugen laut auflachen. Auch Humperdinck stimmte in das Gelächter mit ein. Die beiden Männer hatten inzwischen eine Lichtung erreicht, die von besonders mächtigen Bäumen umstanden war. Rugen steuerte auf den größten zu und blickte suchend an seinem knorrigen Stamm auf und ab. »Wo ist nur dieses geheime Astloch?« sagte er mehr zu sich selbst. »Es ist unmöglich zu finden.« Seine sechsfingrige Hand tastete über die brüchige Rinde. Dann schien der Graf gefunden zu haben, was er suchte. Ein kurzer Daumendruck, der mächtige Stamm öffnete sich und gab den Blick frei auf eine schmale Treppe, die in die Tiefe führte.

»Na endlich«, sagte Rugen erleichtert und wandte sich an den Prinzen. »Kommt Ihr auch mit in die Höhle, Hoheit? Dieser Westley ist wieder bei Kräften, und deshalb werde ich heute mit der Maschine anfangen.«

»Mein liebster Rugen«, meinte Humperdinck voller Bedauern, »Ihr wißt, wie gern ich Euch bei der Arbeit zusehe. Aber ich muß die Fünfhundertjahrfeier unseres Landes planen, meine Hochzeit vorbereiten, meine Frau ermorden und Guilder dafür die Schuld zuschieben. Ihr seht, ich bin völlig überarbeitet!«

Rugen war voller Verständnis. »Ihr müßt Euch ausruhen«, sagte er, »wenn Ihr Eure Gesundheit verliert, verliert Ihr alles!«

Während der Prinz in Richtung Schloß davonging, verschwand Rugen in dem Baumstamm, der sich schon kurze Zeit später wieder schloß und in nichts mehr von den anderen Bäumen zu unterscheiden war.

Der Albino schob Westleys Holzpritsche unter die Maschine. Sie war eine furchterregende Konstruktion aus hölzernen Wellen und Rädern, die durch ein Drahtgewirr verbunden waren. Ein riesig großes Rad, das an ein Mühlrad erinnerte, diente offensichtlich als Antrieb dieses Mechanismus. Der Albino hatte dem Gefangenen ein ledernes Stirnband umgeschnallt, ein breiter Riemen umspannte seine Brust. Beide Riemen wurden nun durch einige Drähte mit der Maschine verbunden. Graf Rugen trat nahe an Westley heran.

»Wunderschön, nicht wahr?« stellte er fest. »Es hat mich ein halbes Leben gekostet, sie zu entwickeln. Sichr wißt Ihr, welch innig tiefes Interesse ich an Schmerz habe. Zur Zeit schreibe ich an einem grund-

sätzlichen Werk über dieses Thema. Deshalb möchte ich, daß Ihr mir ehrlich mitteilt, welche Empfindungen diese Maschine auslöst.«

Fast zärtlich strich er über einzelne Teile seiner Konstruktion und trat dann an einen Hebel, neben dem eine Skala angebracht war, die von 1 bis 50 reichte.

»Da es unser erster Versuch ist«, erklärte er Westley, »benutze ich die niedrigste Einstellung«. Er ergriff den Hebel und stellte den Zeiger auf die 1. Ein Schieber öffnete sich, Wasser strömte über eine hölzerne Rinne auf das große Rad. Schwerfällig setzte es sich in Bewegung und trieb die Maschine an. Während Graf Rugen zu seinem Schreibtisch ging, bäumte sich Westley auf seiner Pritsche auf. Unterdrücktes Stöhnen kam aus seinem

Mund, während sein Kopf und der Oberkörper gegen seinen Willen hin und hergeschüttelt wurden.

Westley biß die Zähne zusammen, weil

1. die Maschine ihm höllische Qualen bereitete
2. Graf Rugen nicht erfahren sollte, wie sehr er litt.

Der Graf beobachtete Westley von seinem Schreibtisch aus sehr genau. Er hatte ein dickes Heft aufgeschlagen, in das er unablässig Notizen machte. Dabei erklärte er seinem Opfer:

»Wie Ihr wißt, ist das Konzept der Saugpumpe schon Jahrhunderte alt. Nun, das hier ist auch nichts anderes. Aber statt Wasser abzusaugen, sauge ich das Leben ab.«

Er erhob sich, ging zum Bedienungshebel und stellte den Zeiger auf die 0. Der Schieber schloß sich, das Rad hörte auf sich zu drehen, die Maschine stand still. Dann trat er zu Westley, der mit vom Schmerz gezeichnetem Gesicht erschöpft auf seiner Pritsche lag.

»Eben habe ich ein Jahr Eures Lebens abgesaugt«, sagte der Graf, während die Albino die Drahtverbindungen löste, »eines Tages werde ich vielleicht sogar bis zu Fünf raufgehen, aber ich weiß nicht genau, wie Ihr darauf reagiert. Also, fangen wir mit dem an, was wir haben.« Mit ehrlichem Interesse blickte er Westley an.

»Was für eine Wirkung hatte die Maschine? Sagt es mir. Und vergeßt bitte nicht, es dient der Wissenschaft und der Nachwelt. Also, seid bitte ehrlich. Wie fühlt Ihr Euch?«

Fragend schaute er Westley ins Gesicht, der ihn mit wütenden Augen anstarrte. Ein unartikulierter Laut kam über seine Lippen. »Interessant«, murmelte Rugen mit höhnischem Grinsen und ging zurück zu seinem Schreibtisch, um sich weitere Notizen zu machen.

Der etwas ältere, kräftig gebaute Mann mit den schulterlangen Haaren räusperte sich. Prinz Humperdinck schaute von seinem Tisch auf und wies mit der Rechten auf einen leeren Stuhl, der davor stand.

»Bitte, Yellin«, sagte er.

»Sire«, Yellin setzte sich dienstbeflissen. Mit verschwörerischer Miene schaute Humperdinck ihn an. Dann sagte er leise: »Als Anführer meiner Leibwache und Zwangsvollstrecker von ganz Florin vertrau ich Euch dieses Geheimnis an: Killer aus Guilder infiltrieren den Diebeswald und wollen meine Braut ermorden. In unserer Hochzeitsnacht!«

Yellin ließ einen Laut der Überraschung hören. »Mein Spionagenetz hat davon nichts gehört«, sagte er mit ehrlichem Erstaunen. Bevor der Prinz ihm antworten konnte, wurde die Tür aufgerissen, und Buttercup betrat den Raum.

»Irgendeine Nachricht von Westley?« fragte sie mit ausdrucksloser Stimme. Ihr Gesicht war von Kummer gezeichnet und ihr Körper gebeugt unter der Last nagenden Schmerzes. Prinz Humperdinck erhob sich und ging auf seine Braut zu.

»Viel zu früh, mein Engel«, sagte er beruhigend, faßte sie übertrieben behutsam an der Hand und geleitete sie zur Tür. »Ihr müßt Geduld haben.«

»Er wird meinetwegen zurückkehren«, sagte sie, und ihre Worte kamen voller Überzeugung.

»Ja, natürlich«, pflichtete Humperdinck ihr bei. Nachdem sie gegangen war, wandte er sich erneut an Yellin.

»Damit wir uns verstehen, mein Lieber«, sagte er eindringlich, »sie wird nicht ermordet werden. Am Hochzeitstag soll man den Diebeswald ausräumen und alle Bewohner verhaften.«

»Viele Diebe werden Widerstand leisten«, erklärte Yellin, »meine Truppen werden nicht ausreichen.«

»Dann formier einen Brutaltrupp!« herrschte der Prinz ihn an. »Ich will, daß der Diebeswald ausgeräumt wird, bevor ich heirate.«

»Das wird nicht einfach sein, Sire.«

»Wer sagt, daß das Leben einfach ist?« donnerte der Prinz. »Versucht Ihr doch mal, die Welt zu regieren!«

Der Diebeswald lag etwas außerhalb von Florin. Eigentlich war es nur ein Wäldchen, denn allzu viele Diebe gab es nicht im Land. Die Leute waren arm, es gab kaum jemanden, bei dem es sich lohnte, zu stehlen. Dafür sorgte schon die überaus durchdachte Steuerpolitik des Prinzen Humperdinck. Neben den Dieben bevölkerten die übrigen zweifelhaften Subjekte des Landes das Wäldchen. Hier ließ man sie in Frieden ihrem Tage- oder besser: Nachtwerk nachgehen, denn da der Prinz ebenso klug wie verschlagen war, wußte er, daß kein ordentlicher Staat auf ein paar Verbrecher verzichten konnte. Und sei es nur, daß sie der Abschreckung dienten. Außerdem waren sie die einzigen, die man mit delikaten und heiklen Aufgaben betrauen konnte.

Es ist daher allzu verständlich, daß heillose Aufregung herrschte, als der Brutaltrupp am Tage vor der Hochzeit ausschwärmte, um den Diebeswald zu säubern. Die Männer, die Yellin aus den verrufensten Typen der ganzen Armee und der Garde rekrutiert hatte, hatten alle Hände voll zu tun, um Humperdincks Befehle auszuführen. Da sie mit unerbittlicher Härte durchgriffen, schafften sie es schließlich. Fast zumindest.

Während die ersten Ochsenkarren die Bewohner des
Diebeswaldes abtransportierten, die im großen und
ganzen unversehrt waren, wenn man einmal von ein
paar Beulen, eingeschlagenen Zähnen und einem abge-
rissenen Ohr absieht, wandte sich Yellin an den Trupp-
Führer.

»Sind alle draußen?« fragte er.

»Ja, Sir, fast. Nur ein Spanier macht uns noch Schwierigkeiten.«

»Na, dann macht ihr ihm doch Schwierigkeiten!«

Iñigo war stockbesoffen. Obwohl die Sonne noch hoch am Himmel stand, konnte er sich kaum mehr auf den Beinen halten. Er saß auf seinem Hosenboden vor einer schäbigen Hütte, den Rücken an die Wand gelehnt. In der rechten Hand hielt er seinen Degen, in der linken eine halb geleerte Branntweinflasche, aus der er ab und zu einen Schluck nahm.

»Ich warte auf dich, Vizzini«, lallte er vor sich hin. »Du hast mir gesagt, ich soll zum Ausgangspunkt zurückgehen. Hab ich getan!«

Er nahm einen tiefen Schluck. Der Schnaps lief ihm in kleinen Rinnsalen aus den Mundwinkeln.

»Hier bin ich, und hier bleibe ich«, sprach er zu dem Baum, der vor der Hütte stand, »mich kriegt man hier nicht weg.«

»He, du da«, herrschte ihn der Anführer des Brutaltrupps an und griff nach seinem Schlagstock.

»Ich rühr mich nicht von der Stelle, und red mich nicht mit ›du an«, sagte Iñigo. Trotz seiner Trunkenheit wehrte er den Burschen ohne jede Mühe ab, als dieser ihn mit seiner Keule angriff.

»Aber der Prinz hat es befohlen«, sagte der Anführer und stürzte sich erneut auf ihn. Mit spielerischer Leichtigkeit parierte Iñigo die Attacke.

»Das hat Vizzini auch«, erklärte er. »Wenn ein Job schiefgeht, so hat er uns eingetrichtert, geht man zum Ausgangspunkt zurück. Und hier haben wir den Job bekommen, und das bedeutet, hier ist der Ausgangspunkt. Und deshalb bleibe ich hier, bis Vizzini kommt.«

Der Anführer des Brutaltrupps rief Hilfe herbei. Riesige, schaufelartige Hände packten Iñigo am Hemdkragen und zogen ihn in die Höhe. »Ich warte hier auf Vizzini!« lallte er trotzig.

»Du hast doch einen kleinen Spleeny!« kam die Antwort aus tiefer Kehle. »Hallo!«

Ein freudiges Lächeln voller Erleichterung ging über Iñigos Gesicht. »Du bist da!« strahlte er.

»Ja«, sagte Fezzik und beförderte den Anführer des Brutaltrupps mit einem einzigen Faustschlag für lange Zeit ins Reich der Träume. Dann musterte er den Spanier mit kritischem Blick: »Allzu gut siehst du nicht aus.«

Iñigo antwortete nicht, strahlte ihn nur mit seinem Schnapslachen an.

»Und allzu gut riechen tust du auch nicht!«

»Vielleicht nicht«, antwortete Iñigo, »aber ich fühl mich gut!« Fezzik konnte ihn im letzten Augenblick auffangen, bevor er zu Boden fiel.

Fezzik und der Spanier waren also wieder vereint. Und nachdem Fezzik seinen betrunkenen Freund mühsam wieder ausgenüchtert hatte, erzählte er Iñigo von Vizzinis Tod und von der Existenz des Grafen Rugen, des Sechs-Finger-Mannes. Bedenkt man Iñigos lebenslange Suche, so hat er diese Nachricht überraschend gut verkraftet. Es sollte vielleicht erwähnt werden, daß der Riese bei der Wiederbelebung von Iñigo äußerst zartfühlend vorgegangen war. Zumindest für seine Verhältnisse. Er tauchte den Kopf des Spaniers abwechselnd in einen Bottich mit eiskaltem und fast kochendheißem Wasser.

Die Wirkung war durchschlagend. Nach erstaunlich kurzer Zeit war Iñigo zwar kurz vor dem Ertrinken, aber er konnte sich aus Fezziks Pranken befreien und alleine stehen.

»Genug!« schrie er. »Das ist genug!« Er schleuderte

die triefenden, langen Haare aus dem Gesicht und zog seinen Degen. »Wo ist jetzt dieser Rugen«, schrie er, und seine Augen blitzten angriffslustig, »damit ich ihn umbringen kann!«

»Er ist beim Prinzen auf dem Schloß«, erklärte Fezzik. »Aber das Schloß wird von dreißig Männern bewacht.«

»Dreißig, sagst du? Wieviele könntest du erledigen?«

Fezzik dachte kurz nach. Dann brummte er: »Ich glaube, nicht mehr als zehn.«

»Dann bleiben zwanzig für mich übrig. Beim besten Willen, so viele schaffe ich nicht.«

Enttäuscht ließ er sich auf einen Stuhl sinken und stützte den Kopf nachdenklich in die Hände. »Ich brauche Vizzini für die Planung«, sagte er zu Fezzik, »ich habe keine Ahnung von Strategie.«

»Aber Vizzini ist tot«, gab der Riese zu bedenken. Trotz seiner Naivität und seines kindlichen Gehirns war daran nicht zu rütteln. Doch da kam Iñigo die Erleuchtung. Ein Strahlen ging über sein Gesicht.

»Nein«, sagte er mit der Stimme eines Mannes, der gerade eine sensationelle Entdeckung gemacht hat, »nicht Vizzini. Ich brauche den Mann in Schwarz!«

»Was??« — Fezzik begriff nicht sofort.

»Hör zu«, sagte Iñigo aufgeregt, »er besiegte dich mit seiner Kraft, dich, den Größten. Er besiegte mich mit seiner Klinge, und er muß besser und schärfer gedacht haben als Vizzini. Und ein Mann, der all das kann, der plant meinen Schloßangriff doch wie nichts!«

Er sprang auf und eilte zur Tür.

»Los, gehen wir!«

»Wohin?«

»Natürlich den Mann in Schwarz suchen!«

»Aber du weißt doch gar nicht, wo er ist.«

Iñigo ließ sich davon nicht beeindrucken.

»Halt mich nicht mit Kleinigkeiten auf«, sagte er tatendurstig. »Nach zwanzig Jahren findet die Seele meines Vaters endlich Frieden!«

Dann ballte er die Faust und rief: »Es wird Blut fließen heute nacht!«

Der Dolch des Prinzen blitzte auf dem Wetzstein, als Yellin zum Rapport antrat. Humperdinck unterbrach seine Beschäftigung und erwartete den Bericht. Yellin räusperte sich. Dann sagte er:

»Der Diebeswald ist ausgeräumt, Hoheit. Dreißig Männer bewachen das Schloßtor.«

»Verdoppelt die Wachen«, unterbrach ihn Humperdinck, »eine Prinzessin muß sicher sein.«

Der Befehlshaber der königlichen Leibgarde nickte. »Verstanden. Für das Tor gibt es nur einen einzigen Schlüssel« – zum Beweis hielt er ihn dem Prinzen entgegen – »und den habe ich, wie Ihr seht.«

Buttercup platzte ins Zimmer. Humperdinck tat sehr erfreut und ging mit einem Lächeln auf sie zu:

»Ah, mein süßer Schatz. Heute nacht heiraten wir.« Dann drehte er sich wieder zu Yellin:

»Morgen früh werden deine Männer uns zum Kanal von Florin bringen, wo alle Schiffe meiner Armada darauf warten, uns auf unserer Hochzeitsreise zu begleiten!«

Buttercup war bei diesen Worten kreidebleich geworden, sämtliche Farbe war aus ihrem Gesicht gewichen.

»Alle Schiffe, außer Euren vier schnellsten, meint Ihr«, sagte sie zu Prinz Humperdinck, der sie verständnislos ansah.

»Alle, außer den vier, die Ihr weggeschickt habt«, versuchte sie ihn zu erinnern. Erst jetzt begriff der Prinz, was sie meinte.

»Ja, ja, natürlich«, stotterte er und ließ ein verlegenes Lachen hören, »natürlich nicht diese vier, wie konnte ich das nur vergessen.«

Buttercup starrte ihn mit großen Augen an. »Ihr habt die Schiffe nicht weggeschickt«, sagte sie, »ihr braucht nicht zu lügen. Aber das macht nichts. Westley wird trotzdem zurückkommen. Meinetwegen.«

»Ihr seid töricht«, antwortete der Prinz, und er klang ziemlich verärgert.

»Ja, ich bin töricht«, sagte sie und schaute ihm herausfordernd ins Gesicht. »Töricht, daß ich nicht schon eher gesehen habe, was für ein Feigling Ihr seid. Ein miserabler Feigling mit einem Herzen voller Angst.«

Tiefe Verachtung stand in ihrem schönen Gesicht geschrieben.

»Solche Dinge würde ich nicht sagen, wenn ich an Eurer Stelle wäre«, herrschte Humperdinck sie drohend an. Seine Lippen waren schmal geworden, und die Augen loderten voller Zorn.

»Und warum nicht?«

Ohne Furcht hielt Buttercup seinem Blick stand.

»Ihr könnt mir nicht schaden. Westley und ich sind vereint durch das Band der Liebe. Und das könnt Ihr niemals finden, auch nicht mit tausend Bluthunden. Und Ihr könnt es nicht zerbrechen, auch nicht mit tausend Schwertern. Wenn ich sage, daß Ihr ein Feigling seid, dann nur deshalb, weil Ihr der schleimigste Schwächling seid, der je auf der Erde herumgekrochen ist!«

Humperdinck war leichenblaß geworden. Er packte sie am Arm und schleppte sie auf ihr Zimmer.

»Ich würde nicht solche Dinge sagen, wenn ich an Eurer Stelle wäre!« schrie er sie aufgebracht an, schleuderte die schwere Eisentür ihrer Kammer ins Schloß und hastete davon.

Außer sich vor Wut stürmte er die steile Treppe zur Höhle der Verzweiflung hinunter. Graf Rugen saß über seinen Notizen am Tisch und war mehr als erstaunt, den Prinzen zu dieser Stunde an diesem Ort zu sehen. Doch er beachtete ihn mit keinem Blick. Fast hatte er Schaum vor dem Mund, als er zu der Pritsche stürzte, auf der Westley festgebunden war. Der Albino hatte ihn gerade für ein zweites Experiment mit der Maschine fertiggemacht. »Ihr liebt euch wirklich«, schrie Humperdinck Westley ins Gesicht, und seine Augen traten dabei fast aus den Höhlen. Sein Gesicht war aschgrau, und seine Nasenflügel bebten.

»Ihr hättet glücklich miteinander werden können«, zischte er voll blinder Wut, »glücklich, wie kaum ein anderes Paar in diesem Jahrhundert. Also denke ich, daß auch kein Mann in diesem Jahrhundert solche Schmerzen erleiden wird, wie du sie jetzt erleiden wirst!«

Er trat an den Hebel. Mit einem wilden Ruck ließ er den Zeiger auf 50 schnellen.

Graf Rugen sprang auf. »Nicht auf die Fünfzig!« schrie er, und unbeschreiblicher Schrecken stand ihm ins Gesicht geschrieben. Es war zu spät. Der Schieber hatte sich bereits ganz geöffnet, wie ein reißender Wildbach stürzte das Wasser auf das große Rad. Schneller drehte es sich, immer schneller, und bald wirbelte es mit rasender Geschwindigkeit um die eigene Achse und trieb die Maschine an.

Westley litt, er litt, wie noch kein anderer Mensch vor ihm gelitten hatte. Sein Körper bäumte sich zuckend auf und schlug wild auf der Pritsche hin und her. Trotz der starken Lederriemen, mit denen er festgeschnallt war, schüttelte es ihn mit ungeheurer Kraft. Dann schrie er. Schrie und schrie und schrie ...

Der Albino kauerte sich eine Ecke und hielt sich die Ohren zu. Graf Rugen war bleich. Auch er verschloß die Ohren.

Nur Prinz Humperdinck starrte mit einem wahnsinnigen Ausdruck im Gesicht auf sein schmerzgepeinigtes Opfer, das an der Schwelle zum Foltertod stand.

Westleys Schrei drang aus der Höhle der Verzweiflung, flog durch den Eichenhain über die grünen Wiesen und die hohen und dichten Wälder Florins und war schließlich überall. Einige behaupteten später sogar, bis zu den Sternen sei dieser Schrei zu hören gewesen. Und alle, die diesen Schrei vernahmen, erschauerten vor der unendlichen Qual, die in diesem furchtbaren Laut unvorstellbaren Jammers lag.

»Fezzik, Fezzik«, rief Iñigo und blieb abrupt stehen, »hör doch mal! Hörst du das?«

Auch Fezzik war stehengeblieben und lauschte. Natürlich hörte er es. Natürlich. Einen solchen Schrei hatte er noch nie in seinem Leben vernommen. Bevor er darüber nachdenken konnte, welches Lebewesen denn solch unmenschliche Töne ausstoßen könnte, wußte Iñigo bereits Bescheid.

»So hört sich furchtbarstes Leiden an!« erklärte er. »So hat es in meinem Herzen geklungen, als Rugen meinen Vater abschlachtete. Und jetzt ist es der Mann in Schwarz, der leidet.«

»Der Mann in Schwarz?« fragte Fezzik.

»Seine wahre Liebe heiratet heute nacht einen anderen«, erklärte Iñigo, »wer sonst also hätte einen Anlaß für furchtbarstes Leiden?«

Hastig liefen sie weiter, um den Mann in Schwarz zu suchen. Doch schon strömten alle Bewohner Florins aus ihren Häusern, um diesen seltsamen Schrei mit eigenen Ohren zu hören. So waren die schmalen Straßen der Hauptstadt im Nu verstopft.

Mühsam versuchte sich Iñigo einen Weg durch die Menge zu erkämpfen. »Entschuldigt bitte«, sagte er, als ihm ein älteres Ehepaar den Weg versperrte. »Verzeihung, es ist wichtig«, als er eine Schwangere zur Seite drängte. »Fezzik«, rief er schließlich flehend, »bitte!«

Der Riese hob seine Schaufelhände an den Mund und formte einen Trichter, der einem Grammophon alle

Ehre gemacht hätte. »Alle . . . Platz machen!« schrie er
mit einer Stimme, die selbst die Götter geweckt hätte.
Die Menge stob auseinander wie ein aufgescheuchter
Hühnerhaufen. Iñigo verneigte sich vor seinem
Freund.

»Danke, Fezzik«, sagte er, »besten Dank!«

Dann gingen sie weiter, immer in die Richtung, aus
der die Stimme gekommen war.

Der Albino schob eine hölzerne Schubkarre durch den
Eichenhain, als ihn plötzlich von hinten Iñigos starke
Hand packte.

»Wo ist der Mann in Schwarz?« herrschte er ihn an.
Das Kalkgesicht schwieg.

»Der Weg zu ihm führt durch diesen Hain, nicht wahr?« – Das Rotauge gab immer noch keine Antwort.

»Fezzik, hilf seinem Gedächtnis auf die Sprünge!« Ganz behutsam schlug der Riese dem Albino mit der Faust auf den Kopf. Der Fettwanst verdrehte die Augen und sank leblos zu Boden.

»Tut mir leid, Iñigo«, sagte Fezzik etwas hilflos. »Daß sein Gedächtnis so weit wegspringt, wollte ich nicht. Iñigo?«

Doch Iñigo hörte ihn nicht. Er war mitten auf die von mächtigen Eichen umsäumte Lichtung getreten und hatte den Degen gezogen, den sein Vater geschmiedet hatte. Er reckte ihn gegen den Himmel und richtete seine Blicke in die Ferne. Die Klinge blitzte in der Sonne, und ein leuchtender Kranz von Sonnenstrahlen umflorte Iñigos schwarzes Haar, als er mit feierlicher Stimme zu sprechen begann:

»Vater«, sagte er, und alles Flehen dieser Welt war in seinen Worten, »ich habe seit zwanzig Jahren versagt. Jetzt kann unser Elend ein Ende finden. Irgendwo, irgendwo ganz nah bei uns ist ein Mann, der uns helfen kann.«

Er stockte kurz und schloß die Augen. Dann fuhr er fort:

»Ich kann ihn nicht alleine finden. Ich brauche dich, denn du sollst meinen Degen führen. Vater, ich bitte dich, führe meinen Degen!«

Und die Klinge in den Händen des Spaniers begann zu zucken. Wie von einer unsichtbaren, magischen Kraft geleitet, zog sie Iñigo hinter sich her. Mit geschlossenen Augen schritt er dahin, ließ sich führen von der geheimen Kraft seiner Waffe.

Eine mächtige Energiequelle schien von der Klinge auszugehen, die zielsicher auf eine mächtige Eiche

zustrebte. Kurz schien der magische Degen zu zögern, doch dann stieß er zielstrebig in ein Astloch. – Nichts geschah.

Für Iñigo brach eine Welt zusammen. Völlig entmutigt ließ er seinen Kopf gegen den borkigen Stamm fallen.

Da öffnete sich die Geheimtür.

Als Iñigo und Fezzik in die Höhle der Verzweiflung stürmten, fanden sie Westley leblos auf der Pritsche liegend. Fezzik fühlte seinen Puls, horchte an seiner Brust. Er hob Westleys rechten Arm in die Höhe und ließ ihn los: Kraftlos fiel er auf die Pritsche zurück.

»Er ist tot«, sagte Fezzik.

»Das ist nicht fair!«

Tränen schossen in Iñigos Augen . . .

»Opa, Opa, Moment!« sagte der Junge und packte seinen Großvater am Arm. »Warte, was hat Fezzik gemeint, als er sagte ›Er ist tot‹? Ich meine, er hat doch nicht gemeint ›tot‹?!«

Der Großvater ignorierte seinen flehenden Blick. »Willst du, daß ich das vorlese oder nicht?« fragte er und nahm das Buch wieder auf.

Der Junge ließ nicht locker. »Wer erledigt Humperdinck?« wollte er wissen.

»Ich verstehe nicht, was du damit meinst.«

»Aber Opa!« sagte der Junge, und er war jetzt richtig ärgerlich. »Wer tötet Prinz Humperdinck? Zum Schluß muß es doch jemand tun! Ist es Iñigo? Oder wer sonst? Sag es mir, Opa!«

»Niemand«, antwortete der Großvater, und er schien die Aufregung des Jungen absolut nicht zu verstehen. »Niemand tötet ihn. Er lebt einfach weiter.«

Mit ungläubigem Staunen schaute der Junge ihn an und legte die Stirn in Falten.

»Du meinst, er gewinnt? Mensch, Opa, warum hast du mir das denn vorgelesen?«

»Weißt du«, sagte der Großvater und schlug das Buch zu, »du bist sehr krank gewesen, und deshalb nimmst du die Geschichte ziemlich ernst. Ich glaube, wir sollten jetzt lieber aufhören.«

Damit erhob er sich.

»Nein, nein, es . . . es geht mir gut!« rief der Junge eilig und hielt seinen Großvater am Ärmel fest. »Setz dich wieder hin. Bitte!« Der Alte lachte still. »Okay?« fragte der Junge und schaute ihn mit großen Augen bittend an.

»Okay«, antwortete er, setzte sich wieder hin und nahm das Buch in die Hand. »Na schön, dann wollen wir doch mal sehen, wo wir waren.« Er feuchtete seinen rechten Zeigefinger an und blätterte. Schließlich hatte er die richtige Seite gefunden.

»Ah ja, in der Höhle der Verzweiflung . . .«

Schnell wischte sich Iñigo die Tränen aus den Augen. Er schaute Westley nachdenklich an. Dann wandte er sich an Fezzik.

»Weißt du«, sagte er, »wir Montoyas haben uns nie so schnell geschlagen gegeben. Komm, Fezzik, nimm die Leiche mit.«

Der Riese verstand nicht recht. »Die Leiche mitnehmen«, brummte er eher zu sich, packte dann aber Westley und legte ihn wie eine Puppe über seine Schulter.

»Hast du etwas Geld?« wollte Iñigo wissen.

»Ein bißchen.«

»Gut«, sagte der Spanier, »ich hoffe, es reicht, um ein Wunder zu kaufen. Mehr brauchen wir nicht.«

Dann verließen sie die Höhle der Verzweiflung.

Die Hütte des Wunderheilers lag tief im Wald. Iñigo und Fezzik, der noch immer Westleys Leiche über seiner Schulter trug, hatten sie dennoch bald gefunden. Etwas windschief stand das Häuschen an einen Baum geduckt. Alle Fensterläden waren geschlossen. Nur der dichte Rauch, der aus dem hohen Schornstein quoll, zeigte, daß sie bewohnt war. Iñigo pochte ungeduldig an die Eingangstür. Ein Schlurfen war aus dem Inneren der Hütte zu hören. Gleich darauf wurde ein hölzernes Fensterchen geöffnet, das in die Tür eingelassen war. Ein Gesicht kam zum Vorschein, das einem verhutzelten Apfel glich.

»Verschwindet«, schrie der Mann sie an. Iñigo und Fezzik zeigten keine Reaktion. »Was . . . was wollt Ihr?« fragte das Faltengesicht schließlich unwirsch.

»Seid Ihr der Zauber-Max, der für den König gearbeitet hat all die Jahre?«

»Des Königs widerlicher Sohn hat mich gefeuert«, keifte der Wunder-Mann, und plötzlich aufsteigender Ärger zeichnete noch mehr Falten in sein zerfurchtes Antlitz. »Vielen Dank auch, daß Ihr dieses schmerzliche Thema wieder auftischt. Genauso gut könnt Ihr mir die Haut aufschlitzen und reinen Zitronensaft draufschütten. Wir haben geschlossen!«

Das kleine Fensterchen wurde mit einem heftigen Knall zugeschlagen. Ungerührt pochte Iñigo erneut an die Tür.

Das Fenster flog wieder auf, und das Faltengesicht starrte sie wütend an. »Verschwindet«, keifte Wunder-Max. »Oder ich rufe den Brutaltrupp!«

»Ich bin vom Brutaltrupp!« sagte Fezzik seelenruhig und grinste ihn an.

»Ihr seid der Brutaltrupp . . .« Zauber-Max musterte den Riesen von oben bis unten und schien etwas nachdenklich zu werden.

»Wir brauchen ein Wunder«, sagte Iñigo und schaute ihn eindringlich und mit ernsten Augen an. »Es ist sehr wichtig.«

»Hört zu«, der Blick des alten Mannes wanderte unruhig zwischen den beiden Fremden hin und her, »ich habe mich zur Ruhe gesetzt. Außerdem, warum nehmt Ihr einen, den der widerliche Königssohn gefeuert hat? Ich könnte vielleicht den Wunderempfänger umbringen.«

»Er ist schon tot«, antwortete Iñigo.

»Ist er das, ja?«

Diese Tatsache schien das Interesse des Alten ein wenig geweckt zu haben.

»Ist er das, ja? Na schön, ich seh's mir an. Bringt ihn rein«, sagte er und öffnete die Tür.

Unordnung herrschte in dem niedrigen Raum. Überall an den Wänden gab es Regale und Vitrinen, die voll gestopft waren mit Töpfen, Tiegeln und allerlei Behältern. Alchimistische Geräte der verschiedensten Art standen auf niedrigen Kommoden und Tischchen. Staubige Bücher und Pergamente quollen aus einem Regal.

Getrocknete Kräuter und Pflanzen baumelten von der Decke. Über einem mächtigen Kaminfeuer brodelte ein großer schwarzer Kessel, aus dem dichter, beißender Dampf aufstieg. Westleys Leiche wurde auf dem Tisch abgelegt, der mitten im Zimmer unter einer rußigen Petroleumlampe stand. Wunder-Max schob Westleys geschlossene Lider zurück und starrte ihm in die toten Augen.

»Ich hab schon Schlimmeres gesehen«, murmelte er nach einer Weile mehr zu sich selbst. Er legte den Kopf horchend auf die Brust des Jungen, dann tastete er seinen ganzen Körper ab. Immer wieder schüttelte er den weißhaarigen Kopf. Er schien völlig in Gedanken versunken.

»Sir«, räusperte sich Iñigo und schaute ihn voller Erwartung an. Der Alte fuhr sich nachdenklich übers Kinn und schien zu überlgen. Dann hob er Westleys Arm. Laut polterte dieser auf die Tischplatte, als er ihn losließ.

»Sir!« drängte der Spanier.

»Äh, hm, hä«, war alles, was über die Lippen des Wundermannes kam.

»Wir haben es wirklich furchtbar eilig, Sir!«

»Hetzt mich nicht, Kleiner«. Leichter Ärger war in der Stimme des Alten. »Wenn man einen Wundermann hetzt, kriegt man zweitklassige Wunder.«

Dann legte er den Kopf etwas schief und blickte Fezzik und Iñigo aus den Augenwinkeln heraus an. Sein Blick war lauernd. »Habt Ihr Geld?« wollte er wissen.

»Fünfundsechzig«, antwortete Iñigo.

»Hähä, Hähä«, lachte der Alte meckernd und winkte ab. »Fünfundsechzig! Für so wenig hab ich noch nie gearbeitet. Außer einmal, und das war für eine sehr noble Sache.«

»Das ist auch eine noble Sache, Sir«, sagte Iñigo mit feierlichem Ernst. Mit treuherzigem Augenaufschlag blickte er Zauber-Max an. »Seine Frau ist . . . äh . . . verkrüppelt, und seine Kinder sind beinahe am Verhungern.«

Der alte Mann lachte. »Ihr seid ein schlechter Lügner«, meinte er dann.

Iñigo machte einen erneuten Versuch: »Ich brauche ihn, um meinen Vater zu rächen. Man hat ihn ermordet, vor zwanzig Jahren, und seidem habe ich mein Leben der Suche nach seinem Mörder gewidmet.«

»Eure erste Geschichte war besser«, fiel ihm Zauber-Max ins Wort, während er sich suchend umblickte. »Wo ist bloß der Blasebalg?«

Er schlurfte durch den Raum und kramte in seinen Utensilien.

»Er schuldet Euch wahrscheinlich Geld? Naja, ich werde ihn fragen.«

»Er ist tot, Sir«, gab Iñigo zu bedenken, »er kann nicht reden.«

»Huhuhuhuhu«, lachte der Alte, »hört euch diesen Besserwisser an.« Er hatte den Blasebalg endlich entdeckt und wackelte zum Tisch zurück.

»Wißt Ihr«, sagte er zu Iñigo und Fezzik, »es verhält sich nämlich so,daß Euer Freund hier zum größten Teil tot ist. Es besteht ein großer Unterschied zwischen zum größten Teil tot und ganz tot. Bitte öffnet seinen Mund.«

Iñigo tat wie ihm geheißen. Zauber-Max setzte den Blasebalg an Westleys Lippen und begann zu pumpen. »Ihr müßt nämlich wissen«, sagte er, »zum größten Teil tot ist fast schon lebendig. Wenn einer dagegen ganz tot ist, tja . . .« Er schüttelte den Kopf und winkte ab. »Also, mit einem, der ganz tot ist, kann man eigentlich nur noch eins machen . . .«

»Und das wäre?« fragte Iñigo.

»Seine Sachen durchwühlen und nach Kleingeld suchen.«

Der Zauber-Max lachte krächzend. Er setzte den Blasebalg ab und legte ihn zur Seite. Dann beugte er sich über Westleys totes Gesicht.

»Hallo da drin!« rief er, »He, du, was ist denn so wichtig? Was gibts denn für dich, was das Leben so lebenswert macht?« Mit beiden Händen stützte er sich auf Westleys Brustkorb und preßte ihm langsam die Luft aus den Lungen.

Ein Seufzer entfuhr Westleys Mund. Dann kamen fast unverständlich die Worte über seine Lippen: »Wa — hre Lie — be«.

»Wahre Liebe, habt Ihr gehört«, sagte Iñigo aufgeregt, »Ihr könntet keine noblere Sache verlangen als diese!«

»Ja, Kleiner«, stimmte der Wundermann ihm zu, »wahre Liebe ist das Größte, was es auf der Welt gibt. Abgesehen vielleicht von einem Hammel-Salat-Tomaten-Sandwich, wenn der Hammel ganz mager und die Tomate ganz reif ist.«

Er verdrehte die Augen voller Entzücken. Schon der

Gedanke daran ließ ihm das Wasser im Mund zusammenlaufen. Schmatzend bewegte er die Lippen.

»Das ist so erfrischend«, schwärmte er, »das mag ich.« Dann wandte er sich wieder an Iñigo.

»Ihr habt recht«, sagte er, »wahre Liebe ist eine noble Sache. Aber davon hat euer Freund nicht gesprochen. Er hat ganz deutlich gesagt ›ich berüwe‹. Wie wir alle wissen, bedeutet ›ich berüwe‹ soviel wie ›ich betrüge‹. Hab ich recht? Also wahrscheinlich habt ihr Karten gespielt und er hat euch betrogen. Und was dann passierte . . .«

»Lügner«, kam ein Schrei aus dem Nebenzimmer, »Lügner!«

Wie eine Furie stürzte eine alte Frau in den Raum. Auch sie hatte schlohweiße Haare. Eine große Hakennase ragte aus ihrem faltigen Gesicht, das voller Wut und Zorn war. Aufgebracht stürzte sie auf Max zu, der schützend die Arme vors Gesicht hielt, gerade so, als erwartete er, jeden Moment geschlagen zu werden.

»Hau ab, du Hexe!« fuhr er sie an.

»Ich bin keine Hexe«, kreischte sie ihm ins Gesicht. »Ich bin deine Frau. Aber nach dem, was du gerade gesagt hast, bin ich mir nicht mehr so sicher, ob ich das auch bleiben will!«

»Du hat es noch nie so gut gehabt«, sagte Max und lachte.

»›Wahre Liebe‹ hat er gesagt, Max, wahre Liebe, mein Gott, das . . .«

Der Wundermann fiel ihr ins Wort: »Kein weiteres Wort mehr, Valerie«, sagte er, und sein Gesicht verdunkelte sich. Valerie, seine Frau, sah aus wie eine weibliche Ausgabe ihres Mannes: Beide trugen die gleiche braune Kutte, die einem Mönchsgewand glich, hatten das gleiche faltige Gesicht und die gleiche Raubvogelnase. Auch die Haare waren von der gleichen schlohweißen Farbe. Sie wandte sich an Iñigo und Fezzik:

»Er fürchtet sich«, sagte sie erklärend und deutete mit dem rechten Zeigefinger auf ihren Mann. »Seitdem Prinz Humperdinck ihn gefeuert hat, ist sein Selbstvertrauen dahin.«

»Warum erwähnst du diesen Namen?« stieß Max gequält hervor, und er sah aus, als würde er von schlimmsten Schmerzen geplagt. »Du hast mir versprochen, diesen Namen nie wieder auszusprechen.«

»Welchen Namen?« fragte die Alte lauernd, »Humperdinck?« Der Wundermann ließ einen Schmerzensschrei hören.

»Humperdinck«, schrie Valerie und sprang auf ihn zu, »Humperdinck, Humperdinck!«

Max schrie erneut gepeinigt auf. Dann hielt er sich mit beiden Händen die Ohren zu. »Hör auf!« rief er und begann, vor seiner Frau zu flüchten. »Hör auf!«

Verwundert beobachteten Fezzik und Iñigo diese höchst kuriose Aufführung, die sich da vor ihren Augen abspielte: Zauber-Max wackelte, die Ohren mit den Händen zuhaltend, um den Tisch, während seine Frau ihm hinterherhüpfte.

»Humperdinck, Humperdinck«, kreischte sie. »Humperdinck, Humperdinck«.

»Ich hör nicht mehr zu!« schrie Max.

»Ein junges, liebendes Leben wird ausgelöscht«, rief Valerie anklagend, »und du bist nicht mal in der Lage dazu zu sagen, warum du nicht helfen willst?!«

Max hatte die Hände fest an die Ohren gepreßt. Er zuckte mit den Schultern und lachte hohl, als er auf der Flucht vor seiner Frau an Iñigo und Fezzik vorbeikam. »Niemand hört gar nichts!« rief er.

»Humperdinck, Humperdinck, Humperdinck!« Der Wundermann ließ stöhnende Schmerzenslaute hören.

Iñigo hatte dem kuriosen Treiben lange genug wortlos zugesehen, und jetzt hielt er die Zeit für gekommen einzugreifen. »Westley ist wirklich Buttercups große Liebe«, sagte er zu Max. »Wenn Ihr ihm helft, dann wird er Humperdincks Hochzeit verhindern.«

Der Alte stoppte seinen Lauf und blieb abrupt vor Iñigo stehen.

»Moment, Moment«, sagte er und schaute den Spanier fragend an. »Wollt Ihr damit sagen, wenn ich ihm helfe, dann muß Humperdinck leiden?«

Iñigo nickte.

»Jede Menge Erniedrigungen?« Max schien einen Augenblick nachzudenken. Dann plötzlich ging ein Leuchten über sein Gesicht. Er lachte.

»Tralala«, trällerte er fröhlich. »Das ist in der Tat eine noble Sache«, sagte er dann. »Gebt mir Euer Geld, ich übernehme den Job!«

Valerie schrie triumphierend auf, als er sich die Zipfelmütze aufs Haupt setzte, die er immer bei der Arbeit zu tragen pflegte.

Eine Stunde später war die Wunderpille fertig. Zauber-Max hielt sie mit einer hölzernen Zange und versah sie mit einer letzten Schokoladenschicht.

»Ist das wirklich eine Wunderpille«? fragte Iñigo skeptisch.

»Was sonst«, antwortete Valerie. »Die Schokoladenschicht ist zwar nicht unbedingt nötig, aber man kann sie dadurch leichter schlucken. Aber denkt daran: Erst nach fünfzehn Minuten wird sie voll wirksam!«

Max ließ die Pille in einen kleinen ledernen Beutel gleiten, den er Iñigo in die Hand drückte.

»Und noch eins«, fügte Valerie erklärend hinzu. »Danach solltet ihr nicht schwimmen gehen. Wie lange nicht, Max?« wandte sie sich fragend an ihren Mann.

»Äh, eine Stunde«, antwortete Max.

»Eine Stunde«, sagte Valerie.

»Eine gute Stunde«, wiederholte Max.

Der Abschied vor der Hütte war fast herzlich. Fezzik trug Westleys leblosen Körper auf der Schulter, während Iñigo den beiden Alten die Hände schüttelte. »Vielen Dank für alles«, sagte er.

»Schon gut, schon gut«, wehrte Max bescheiden ab.

»Auf Wiedersehen, Jungs«, rief Valerie und winkte den beiden hinterher, als sie auf den Pfad traten, der in Richtung Florin führte. »Viel Spaß beim Erstürmen des Schlosses!« schrie ihnen Max mit fröhlicher Stimme nach.

Valerie sah ihn fragend an. »Meinst du, daß es funktioniert?«

»Dazu ist ein Wunder nötig«, kicherte der Alte.

Iñigo und Fezzik waren unbemerkt an der äußeren unbewachten Festungsmauer angelangt. Iñigo ließ Westley von der Schulter gleiten und lehnte den leblosen Körper an die Mauer. Dann lugten der Riese und er vorsichtig über die Brüstung. Der breite, begrünte Schloßgraben lag vor ihnen. Steil ragte die innere

Schloßmauer aus ihm hervor. Es schien unmöglich, sie zu erklettern. Das einzige Tor, das ins Innere des Schlosses führte, war mit einem mächtigen Eisentor und einem hölzernen Fallgitter gesichert. Ein ganzes Bataillon schwerbewaffneter Männer bewachte es.

»Iñigo«, stellte Fezzik erstaunt fest, »das sind mehr als dreißig!«

Iñigo winkte ab. »Was macht das schon«, sagte er leichthin, »wo wir doch ihn haben.«

Er deutete auf Westley, der ohne jedes Anzeichen von Leben an der Mauer lag. Iñigo kniete neben ihm nieder und holte das Lederbeutelchen aus der Tasche. »Hilf mir mal«, bat er den Riesen, »wir müssen ihn jetzt zwangsernähren.«

»Sind die 15 Minuten schon vorbei?« fragte Fezzzik.

»Egal. Wir können nicht länger warten«, erklärte der Spanier. »Die Hochzeit ist in einer halben Stunde. Wir müssen in dem ganzen Durcheinander da vorher angreifen.«

Er holte die braune Wunderpille aus dem Beutel und nahm sie in die Hand. »Fezzik, halt seinen Kopf zurück und mach ihm den Mund auf.«

Fezzik öffnete Westleys Mund, und der Spanier schob die Pille auf seine Zunge. Dann schloß der Riese Westleys blasse Lippen.

»Wie lange müssen wir wohl warten, bis wir wissen, ob das Wunder funktioniert?« fragte er nachdenklich.

»Du stellst genauso blöde Fragen wie ich«, antwortete Iñigo gereizt.

Westley schlug die Augen auf.

»Ich werde euch beide einzeln schlagen oder auch zusammen«, rief er angriffslustig, aber undeutlich.

»Ich glaube, wir müssen nicht lange warten«, brummte Fezzzik mit einem zufriedenen Lächeln.

»Warum kann ich meine Arme nicht bewegen?« wunderte sich Westley.

»Du warst die ganze Zeit zum größten Teil tot«, erklärte ihm Fezzik.

»Wir haben von Zauber-Max eine Pille«, fügte Iñigo hinzu, »die wird Euch wieder lebendig machen.«

Westley verstand nichts. Überhaupt nichts. Unfähig, sich zu bewegen, lehnte er an der Mauer und starrte die beiden Männer an.

»Wer seid ihr?« fragte er. »Sind wir Feinde, und warum bin ich auf dieser Mauer? Und wo ist Butter-cup?«

Iñigo beugte sich zu ihm hinunter: »Laßt Euch erklä-ren«, begann er. »Aber das Ganze würde viel zu lange dauern. Deswegen fasse ich kurz zusammen: Buttercup wird Humperdinck in einer knappen halben Stunde heiraten. Also müssen wir vorher ins Schloß kommen, sechzig Mann ausschalten, die Hochzeitsfeier unter-brechen, die Prinzessin stehlen, Prinz Humperdinck gefangennehmen und schließlich wieder abhauen, nachdem ich Graf Rugen getötet habe.«

»Da bleibt uns nicht viel Zeit zu vertrödeln«, bemerkte Westley und zuckte mit der rechten Hand.

»Ihr habt gerade Eure Finger bewegt!« stellte Fezzik voller Freude fest. »Das ist wunderbar!«

»Ich bin immer schnell geheilt«, erklärte Westley. Dann wandte er sich wieder an den Spanier.

»Was gibts für Nachteile?« fragte er, und sein Kopf sank kraftlos auf seine Brust.

»Es gibt nur ein einziges Schloßtor, und das wird bewacht von sechzig Mann«, sagte Iñigo, während er Westleys Haupt wieder aufrichtete.

»Und was sind unsere Vorteile?«

»Euer Grips, Fezziks Stärke und meine Klinge.«

»Und das ist alles?« fragte Westley mit ungläubigem Staunen.

Der Spanier nickte.

»Unmöglich«, sagte der Junge und schüttelte den Kopf. »Absolut unmöglich. Wenn ich einen Monat zum Planen hätte, könnte ich vielleicht auf etwas kommen, aber so . . .«

»Ihr habt gerade Euren Kopf geschüttelt«, ließ sich Fezzik vernehmen. »Kann Euch das nicht ein bißchen glücklich machen?«

»Mein Grips, seine Klinge und Eure Stärke gegen sechzig Mann?« Westleys Stimme klang leicht gereizt. »Und da denkt Ihr, ein kleines Kopfschütteln könnte mich glücklich machen? Denkt Ihr das wirklich, hm?«

Fezzik senkte wortlos die Augen. Er wußte, daß der andere recht hatte. Es war aussichtslos, absolut aussichtslos.

»Wenn wir wenigstens einen Schubkarren hätten«, meinte Westley nachdenklich, »das wär schon mal was«.

Iñigos düsteres Gesicht hellte sich auf. »Wo haben wir die Schubkarre von dem Albino hingestellt?« fragte er Fezzik.

»Über den Albino, denke ich!«

»Warum habt Ihr das vorhin nicht bei den Vorteilen aufgeführt?« fragte Westley vorwurfsvoll. Dann seufzte er. »Was würde ich nicht alles für einen Katastrophenmantel geben!«

Iñigo schüttelte betrübt den Kopf. »Damit können wir nicht dienen«, sagte er.

»Wie wäre es mit dem hier?« — Fezzik zog stolz einen schwarzen Umhang aus seinem Wams und reichte ihn dem Spanier.

»Wo hast du den her?«

»Vom Wunder-Max«, erklärte der Riese, und ein breites Grinsen erhellte sein Gesicht. »Er stand mir so gut, da hat er gesagt, ich könnte ihn behalten.«

»Genug, genug«, unterbrach Westley. »Darf ich die Herren vielleicht daran erinnern, daß wir noch eine Kleinigkeit zu erledigen haben. Und allzu viel Zeit haben wir dazu auch nicht. Also, kommt und helft mir auf.«

Fezzik zog ihn hoch und packte ihn auf Iñigos Rükken. Westley klammerte sich kraftlos an den Schultern des Spaniers fest. »Irgendwann werde ich eine Waffe brauchen«, sagte er zu Iñigo, und sein Kopf kippte nach hinten. Fezzik griff mit seiner Riesenpranke zu und richtete ihn wieder auf.

»Ach, wieso eigentlich. Ich könnte ja doch keine hochheben.«

»Das ist richtig, aber das weiß doch keiner, oder?«

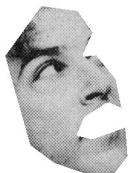

»Das stimmt«, sagte Westley. »Nun ja, ich denke, es dürfte keine Probleme geben, wenn wir erst mal drin sind.«

»Ja, genau«, pflichtete der Spanier ihm bei. »Wie finde ich den Grafen? Und wenn ich ihn gefunden habe, wie finde ich euch wieder? Wenn ich euch wiederfinde, wie können wir entkommen? Wenn wir entkommen sind . . .«

Diesmal fiel Westleys Kopf nach vorn.

»Iñigo«, brummte Fezzik vorwurfsvoll, »du darfst ihn nicht durcheinanderbringen. Er hat'n schweren Tag hinter sich.«

»Richtig, richtig«, antwortete der Spanier, und sein Bedauern war aufrichtig. »Entschuldigt vielmals.«

»Iñigo«, sagte der Riese.

»Was ist?«

»Ich hoffe, wir gewinnen.«

Buttercup stand in ihrer Kammer im Floriner Königsschloß und legte den kostbaren Brautschmuck um, den Humperdinck zu einem schwindelerregenden Preis beim besten Juwelier des Landes hatte anfertigen lassen (Natürlich hatte er vorher noch schnell die Steuer erhöht. Das war seine Art, sein ganzes Volk an der Hochzeit teilhaben zu lassen).

Das Hochzeitskleid war ein Traum. Zwanzig Schneider und Näherinnen hatten drei Wochen gearbeitet, bis das weiße Wunderwerk vollendet war. Es paßte Buttercup wie angegossen. Sie sah hinreißend aus. Sie war die schönste Braut, die man je in Florin gesehen hatte. Und dies, obwohl das Land nicht gerade arm war an hübschen Mädchen.

Humperdinck musterte seine Braut mit bewundernden Blicken. »Scheint gar nicht aufgeregt zu sein, mein süßer Schatz!« sagte er voller Ironie.

»Sollte ich das etwa sein?« Buttercups Stimme war kalt.

Humperdinck sah sie höhnisch grinsend an. »Bräute sind das oft, hat man mir erzählt.«

»Ich heirate heute abend nicht«, antwortete sie, und ihr Gesicht strahlte vollste Zuversicht aus. »Mein Westley wird mich retten«.

Eine Viertelstunde später stand sie vor dem Traualtar der Schloßkapelle, die in funkelndes Kerzenlicht getaucht und von mächtigen Orgeltönen durchbraust war. Nur wenige Gäste waren anwesend: Das alte Königspaar, Graf Rugen und einige ausgewählte Mitglieder des Hofstaates.

Das Orgelspiel brach ab, und der Bischof von Florin trat mit edelsteinbesetztem Bischofsmantel und brillant-blitzender Mitra vor das Brautpaar. Mit feierlicher Stimme sagte er:

»Verwählung . . . Verwählung ist das, was uns heute zuwammenführt.« (Seit frühester Kindheit hatte er einen schlimmen Sprachfehler.)

»Verwählung«, meinte der Bischof nunmehr salbungsvoll zum vierten Male, »diese gesegnete Einrichtung, dieser Twaum innerhalb eines Twaumes . . .«

Den Wachen am Schloßtor war, als träumten sie. Mit ungläubigen Gesichtern starrten sie auf die Gestalt, die aus der Dunkelheit auf sie zuschwebte. Gut drei Meter groß war die furchtbare Erscheinung. Ganz in Schwarz gewandet, kam sie immer näher. Ein Mensch konnte das nicht sein, das war den Soldaten bald klar, ganz gewiß nicht. Ängstlich wichen sie zurück.

»Behaltet eure Positionen, Männer«, schrie Yellin aufgebracht, »behaltet eure Position!«

Das schwarze Ungeheuer kam noch näher, bewegte sich auf die Männer zu, die es mit angstgeweiteten Blikken beobachteten. Und jetzt öffnete die Gestalt die Lippen.

»Ich bin der grausame Pirat Roberts«, donnerte er mit einer Stimme, die Mauern zum Einstürzen bringen konnte. »Niemand bleibt am Leben!«

Iñigo schob keuchend die Schubkarre weiter, auf der Fezzik im schwarzen Katastrophenmantel stand.

Westley hing auf seinem Rücken, seine Beine schleiften kraftlos über den Boden.

»Jetzt?« fragte der Spanier.

»Noch nicht«, befahl Westley.

Unruhiges Gemurmel war aus dem Trupp der Soldaten zu hören, einzelne Angstschreie erschollen.

»Meine Männer sind hier, und ich bin hier«, brüllte Fezzik, »aber bald werdet ihr nicht mehr hier sein!«

Er hob die Rechte und zeigte drohend auf die Wachen, die sich bis vors Tor zurückgezogen hatten.

»Jetzt?« keuchte Iñigo.

»Zünd ihn an«, sagte Westley.

Der Spanier nahm die Kerze, die auf der Schubkarre hinter Fezzik stand, und hielt sie an den Katastrophen-Mantel. Flammen loderten empor, und in Sekundenschnelle brannte die schwarze Gestalt lichterloh.

»Der grausame Pirat Roberts läßt niemanden am Leben«, schrie der Riese aus dem Flammenmeer. »Eure schlimmsten Alpträume werden jetzt wahr!«

Unaufhaltsam schwebte das Feuerwesen auf die Soldaten zu.

»Denn Wiewe, wahle Wiewe wild euch folven für immer und ewig«, verkündete der Bischof, denn die Hochzeitsgesellchaft hatte von der Unruhue vor dem Schloßtor noch nichts mitbekommen. Prinz Humperdinck verdrehte die Augen und dachte: ›Warum kommt er nicht zum Ende, dieser Kretin?‹

Buttercup senkte verzweifelt den Blick und dachte: ›Was will er bloß sagen, der alte Mann?‹

»Der grausame Pirat Roberts holt eure Seelen«, donnerte der hell lodernde Fezzik. Und das war wirklich zuviel. Schließlich waren alle Männer der Schloßwache rechtgläubige Christen (zumindest in diesem Augenblick), und so ließen sie, wenn es um ihre Seelen ging, absolut nicht mit sich spaßen. Also warfen sie ihre Waffen weg und stoben in wilder Flucht davon. Da konnte Yellin noch so schreien und toben, es half nichts. Nach kürzester Zeit war er allein am Tor.

Inzwischen hatte man natürlich auch in der Kapelle bemerkt, daß sich draußen etwas tat. Schließlich riefen die um ihre Seelen besorgten Soldaten in ihrer Angst laut genug durcheinander (Später behaupteten sie, sie hätten durch ihre Schreie den Feuergeist vertreiben wollen, weil dies das einzige sei, was gegen solche Erscheinungen helfe. Aber niemand schenkte ihnen Glauben).

»Also schätzet eure Wiewe«, erklärte der Bischof gerade, als die Geduld des Prinzen ein Ende hatte.

»Kommt zum Schluß«, zischte er den Geistlichen durch seine zusammengepreßten Lippen an.

Der Bischof schaute ihn erschrocken an. Dann fragte er:

»Habt Ihr den Wing?«

Der Lärm an der Tür war jetzt nicht mehr zu überhören. Ein Strahlen überzog Buttercups Gesicht.

»Hier kommt mein Westley endlich«, sagte sie voller Freude.

»Euer Westley ist tot«, knurrte Prinz Humperdinck, während er dem Bischof den Ring in die Hand drückte, »ich habe ihn selber umgebracht.«

»Warum sind dann Eure Augen so angsterfüllt?« wollte Buttercup wissen.

Vor dem Tor legte der Riese den noch schwelenden Mantel ab.

»Fezzik, das Fallgitter!« schrie Westley plötzlich. Im letzten Moment konnte der Hüne die niedersausende Sperre abfangen und wieder in die Höhe wuchten. Yellin stand mit zitternden Knien allein vor dem eisernen Schloßtor.

Drohend gingen die drei auf ihn zu. Das heißt: Westley wurde natürlich nach wie vor von Iñigo geschleppt (Wunder brauchen eben ihre Zeit).

»Gib uns den Torschlüssel«, forderte der Junge Yellin auf. Dieser machte ein völlig unwissendes Gesicht.

»Den Torschlüssel?« fragte er verständnislos. »Ich habe keine Schlüssel.«

»Fezzik«, sagte Iñigo zu seinem Freund, »reiß ihm die Arme aus!«

»Ach, Ihr meint diesen Torschlüssel«, sagte Yellin schnell und griff in die Tasche.

Der Bischof hatte die Hände von Buttercup und Humperdinck ineinandergefügt. Segnend hielt er seine Rechte darüber.

»Und wollt Ihr Prinzessin Wuttercup . . .« fragte er.

»Mann und Frau«, zischte der Prinz, »sagt Mann und Frau!«

»Mann und Frau«, sagte der Bischof und war selbst am meisten erstaunt darüber, daß er die Worte fehlerlos ausgesprochen hatte. Graf Rugen und seine Männer stürmten mit gezogenen Waffen hinaus. Prinz Humperdinck ließ Buttercups Hand los und wandte sich an seinen alten Vater.

»Begleitet die Braut zur Hochzeitssuite«, sagte er in herrischem Ton. »Ich werde gleich da sein.«

Dann zog er das Schwert und eilte hinter Rugen her. Buttercup starrte völlig abwesend vor sich hin. Es schien, als habe sie noch gar nicht begriffen, was soeben geschehen war. »Er ist nicht gekommen.«

Die Gänge und Flure des Königsschlosses wurden von brennenden Fackeln in flackerndes Licht getaucht. Während Fezzik den kraftlosen Westley am Hemdkragen gepackt hatte und ihn wie eine Gliederpuppe hinter sich herschleppte, ging Iñigo mit gezogenem Degen voran. Suchend durchstreiften sie die dumpf widerhallenden Korridore der Burg.

›Rugen‹, dachte Iñigo unablässig, ›der Sechs-Finger-Mann‹.

Ihre Suche währte nicht lange, denn Graf Rugen hatte sich mit den vier besten Männern seiner Leibwache daran gemacht, die Eindringlinge zu jagen. In der Mitte eines langen Flures trafen die beiden Gruppen aufeinander.

»Tötet den Mann in Schwarz und den Riesen«, befahl der Graf seinen Männern, »aber laßt den Dritten fürs Verhör übrig.« Mit gezogenen Waffen stürzten sie sich auf den Spanier, der schützend vor seinen Freunden stand. Er ließ die Klinge fliegen, daß man kaum mit den Augen folgen konnte, und mit vier blitzschnellen Streichen streckte er alle vier zu Boden. Jetzt endlich war es soweit: Er stand dem Mann, nach dem er sein Leben lang gesucht hatte, Auge in Auge gegenüber. Der Graf starrte ihn haßerfüllt an.

Iñigo aber war ruhig. Ganz ruhig.

»Hallo«, sagte er und ein Lächeln spielte in seinem Gesicht, »mein Name ist Iñigo Montoya. Ihr habt meinen Vater getötet. Jetzt seid Ihr des Todes.

Montoya machte sich bereit für das große Duell. Rugen blickte ihn für einen kurzen Moment mit weit aufgerissenen Augen an. Dann machte er auf dem Absatz kehrt und rannte davon. Bis der Spanier sich von seiner Verblüffung erholt hatte, war er bereits hinter der nächsten Ecke verschwunden. Iñigo setzte ihm nach. Eine wilde Jagd durch die Gänge des Schlosses begann. Obwohl der Spanier viel schneller war als der Graf, hatte dieser natürliich den Vorteil der Ortskenntnis. Und so stand Iñigo plötzlich vor einer verschlossenen Tür. Wütend warf er sich dagegen. Immer wieder und immer wieder rannte er gegen sie an, doch die Tür hielt seinen Attacken stand. Schon verhallten dahinter die Schritte des fliehenden Grafen.

»Fezzik!« schrie der Spanier in seiner größten Not. »Ich brauche dich!«

Fezzik war mit Westley allein. Noch immer zeigte die Wunderpille nur wenig Wirkung: Der Schwarze baumelte wie eine Marionette an seiner Hand.

»Ich kann ihn doch nicht alleine lassen«, brummte der Riese. Erneut hallten die flehenden Rufe des Spaniers durch die Flure. »Fezzik!« schrie er, »er entkommt mir. Bitte, Fezzik!«

Der Riese lehnte Westley gegen die Wand.

»Ich bin gleich wieder da«, sagte er tröstend und eilte mit seinem Watschelgang davon.

Wieder und wieder warf sich Iñigo gegen die Tür. Nichts tat sich. Der Spanier war verzweifelt. Endlich war Fezzik bei ihm. Mit einem einzigen Schlag seiner Riesenpranke hieb er das schwere Eichenportal aus den Angeln. Mit einer kleinen Verbeugung machte er den Weg frei.

»Danke, Fezzik«, schrie der Spanier, und schon hetzte er weiter, dem Grafen hinterher.

Währenddessen geleiteten der alte König und die Königin Buttercup bis zu ihrem Hochzeitsgemach.

»Eine seltsame Hochzeit«, murmelte der alte König und wackelte mit dem Kopf (Seit einigen Jahren schon wackelte er ständig mit dem Kopf. Altersbedingt, wie die Ärzte meinten. Außerdem sah er schlecht, und hören konnte er so gut wie überhaupt nichts mehr).

»Ja, eine seltsame Hochzeit«, pflichtete die Königin ihm bei, »komm!« Mit starrem Blick und ohne sich von Buttercup zu verabschieden ging sie davon.

Buttercup hauchte dem alten König einen Kuß auf die Wange. Strahlend blickte er sie mit seinen wässrigen Augen an.

»Wofür war das denn?« fragte er.

»Ihr seid immer so gut zu mir gewesen«, sagte sie, »und ich werde Euch nie wieder sehen. Sobald ich in der Hochzeitssuite bin, werde ich mich umbringen.«

»Das wird aber schön, hm«, strahlte der alte König sie an, tätschelte ihr die Wange und ging davon.

Natürlich hatte er kein Wort von dem verstanden, was Buttercup gesagt hatte.

Fezzik verstand die Welt nicht mehr. Als er zu der Stelle kam, an der er den hilflosen Westley zurückgelassen hatte, war dieser verschwunden. Und so machte sich der Riese auf die Suche nach dem Schwarzen.

Iñigo hastete die steinerne Wendeltreppe hinunter. Innerhalb kürzester Zeit hatte er den Vorsprung Rugens wieder wettgemacht, und gleich würde er den Graf eingeholt haben. Gleich.

Rugens Dolch traf ihn völlig unerwartet. Der Graf hatte ihn quer durch den riesigen Kronsaal geschleudert und Iñigo genau in den Bauch getroffen. Der Spanier taumelte gegen die Wand. Zusammengekrümmt preßte er die Linke auf die Wunde, aus der rasch Blut hervorschoß. Alle Farbe war aus seinem Gesicht gewichen.

»Entschuldige, Vater«, stammelte er und sank immer mehr in sich zusammen, »ich hab's versucht, ich hab's versucht.«

Langsamen Schrittes kam Graf Rugen auf Iñigo zu. Ein überhebliches, gemeines Grinsen lag auf seinem Gesicht.

»Du mußt der spanische Bengel sein, dem ich vor vielen Jahren eine Lektion erteilt habe.«

Er kam immer näher. Iñigo konnte den Triumph in seinen Augen erkennen.

»Es ist einfach unglaublich«, sagte Rugen, »da hast du mich dein ganzes Leben lang verfolgt, nur um jetzt zu versagen? Ich glaube, das ist das Böseste, was ich je gehört habe. Wie wundervoll!«

Iñigo sank in die Knie . . .

Buttercup betrat die Hochzeitssuite und schloß die Tür. Mit wächsernem Gesicht ging sie an ihren Ankleidetisch, auf dem eine hölzerne Schatulle stand. Sie schlug den Deckel auf: Ein spitzer, scharfer Dolch blitzte im Schein der Kerzen, die das Zimmer erleuchteten.

Buttercup nahm den Dolch in ihre Rechte, betrachtete ihn einige Augenblicke lang nachdenklich. Dann setzte sie ihn entschlossen an die Brust.

»Auf dieser Welt ist ein vollkommener Busen Mangelware«, ließ sich eine Stimme vernehmen, »es wäre ein Jammer, ihn zu beschädigen.

Westley lag ausgestreckt auf ihrem Bett.

»Westley«! schrie Buttercup und flog auf ihn zu. »Oh Westley, mein Liebling!« Sie stürzte sich auf ihn und nahm ihn in die Arme. Über und über bedeckte sie sein Gesicht mit ihren Küssen.

»Westley«, fragte sie plötzlich erstaunt, »warum umarmst du mich nicht?«

»Sachte«, sagte er nur.

»Ausgerechnet jetzt«, sagte Buttercup und küßte ihn. »Das einzige, was dir in einem solchen Augenblick zu sagen einfällt, ist sachte?«

»Sachte«, wiederholte Westley, als sie seinen Kopf gegen den Bettrahmen knallen ließ.

Das Gesicht des Grafen verschwamm vor Iñigos Augen. Mit einem gequälten Stöhnen zog er sich den Dolch aus dem Leib und versuchte sich aufzurichten. Langsam, ganz langsam schob er sich an der Wand hoch.

»Meine Güte, versuchst du immer noch zu gewinnen?« fragte der Graf. »Du hast einen überentwickelten Sinn für Rache. Das wird dich eines Tages ganz schön in Schwierigkeiten bringen.«

Blitzschnell zuckte sein Degen vor und traf den Spanier mitten ins Herz. Jedenfalls hatte Rugen das so geplant. Er war nicht wenig erstaunt, als Iñigo den Stoß abwehrte. Wieder stach Rugen zu. Und wieder parierte der Spanier. Schwer atmend schaute er dem Grafen ins Gesicht.

»Hallo«, kam es kaum hörbar über seine Lippen, »mein Name ist Iñigo Montoya. Du hast meinen Vater getötet. Jetzt bist du des Todes.«

Rugens Erstaunen wurde noch größer, als Iñigo sich nun von der Wand abstieß und mit unsicheren Schritten auf ihn zuwankte.

»Hallo«, sagte er erneut, und diesmal klang seine Stimme schon etwas fester, »mein Name ist Iñigo Montoya. Du hast meinen Vater getötet. Jetzt bist du des Todes.«

Und jetzt griff Iñigo an. Sein Degen blitzte. Rugen, der ein meisterhafter Kämpfer war, hatte alle Mühe, seine Angriffe abzuwehren.

»Hallo«, schrie Iñigo voller Zorn und attackierte den Grafen, »mein Name ist Iñigo Montoya. Du hast meinen Vater getötet. Jetzt bist du des Todes.«

»Hört auf, das zu sagen«, rief Rugen, während er mühsam die Hiebe des Spaniers abwehrte. Iñigos Klinge zauberte jetzt. Gleich einem stählernen Blitz

sauste sie durch die Luft, umzuckte den Grafen, der immer weiter zurückwich. Angst stand ihm ins Gesicht geschrieben, denn er wußte, daß er diesen wütenden Attacken nicht mehr lange würde standhalten können.

»Hallo«, schrie Iñigo, und seine donnernde Stimme hallte gewaltig durch den riesigen Saal, »mein Name ist Iñigo Montoya. Du hast meinen Vater getötet. Jetzt bist du des Todes!«

»Nein«, schrie Rugen, als der Degen des Spaniers vorzuckte und ihm die Waffe aus der Hand schlug.

»Biete mir Geld«, forderte Iñigo, und seine Klinge zeichnete einen tiefen, blutigen Striemen auf Rugens rechte Wange.

»Ja«, stammelte der Graf.

»Und auch Macht, versprich mir das!« sagte der Spanier und zerfurchte die linke Wange des Grafen.

»Alles, alles, was ich habe und noch mehr«, antwortete Rugen mit angstgeweiteten Augen, »bitte!«

»Biete mir alles, was ich verlange!« Iñigos Blick war kalt und die Lippen schmal.

»Alles, was du willst«, versprach Rugen. Iñigo packte ihn an den Haaren und zog ihn ganz dicht zu sich heran.

»Ich will meinen Vater wiederhaben, du Mistkerl«, sagte er voller Haß und trieb seine Klinge bis zum Heft in Rugens Leib.

Tödlich getroffen sank der verruchte Schurke zu Boden. Iñigo machte sich auf die Suche nach Westley.

»Oh, Westley«, sagte Buttercup und sah den Geliebten an, »wirst du mir jemals verzeihen?«

»Welche häßliche Sünde hast du denn in letzter Zeit begangen?«

»Ich habe geheiratet. Ich wollte es nicht, aber es ist alles so schnell passiert.

»Es ist nie passiert«, sagte Westley.

»Was?« Buttercup war verwundert.

»Es ist nie passiert«, wiederholte Westley.

»Aber ja doch«, beharrte Buttercup, »schließlich war ich doch selbst dabei. Dieser alte Mann sagte ›Mann und Frau‹!«

»Hast du gesagt: ›Ja, ich will‹?«

»Äh, nein«, staunte das Mädchen und richtete sich auf, »diesen Punkt müssen wir wohl übersprungen haben.«

»Dann bist du auch nicht verheiratet«, erklärte ihr Geliebter.

»Wenn du's nicht gesagt hast, ist es auch nicht passiert. Meint Ihr nicht auch, Eure Hoheit?«

Sein Blick ging zur Tür, in der Prinz Humperdinck stand.

»Eine technische Panne, die schnell korrigiert werden wird«, antwortete der Prinz. »Aber eines nach dem anderen«, fügte er hinzu, zog seine Waffe und ging auf Westley zu.

»Bis zum Tod!« schrie er.

»Nein«, schrie Westley, »bis zum Schmerz!«

Prinz Humperdinck hielt inne. »Ich glaube nicht, daß dieser Ausdruck mir geläufig ist«, sagte er nach kurzem Nachdenken.

»Dann werde ich es Euch erklären«, sagte Westley, und in seinem Gesicht stand die ganze Verachtung, die er für den Prinzen empfand. »Ich werde nur einfache Worte benutzen, damit Ihr sie auch wirklich versteht, Ihr warzengesichtiger Possenreißer.«

»Das ist wohl das erste Mal in meinem Leben, daß es jemand gewagt hat, mich so zu beleidigen«. Humperdinck schien etwas indigniert.

»Es wird aber nicht das letzte Mal sein«, fuhr Westley fort. »Bis zum Schmerz bedeutet: Ihr verliert zuerst Eure Füße unterhalb der Knöchel. Dann Eure Hände an den Gelenken. Als nächstes Eure Nase . . .«

»Und dann meine Zunge, nehme ich an«, fiel Humperdinck ihm ins Wort.

Die Stimme des Prinzen bebte vor Zorn. »Ich habe Euch zu schnell getötet beim letzten Mal. Ein Fehler, den ich heute abend nicht wiederholen werde.«

Er hob den Degen zum Angriff.

»Ich bin noch nicht fertig«, rief Westley schneidend. »Als nächstes verliert Ihr Euer linkes Auge, gefolgt von Eurem rechten.«

»Und dann meine Ohren«, sagte Humperdinck voller Hochmut. »Laßt uns endlich anfangen!«

»Falsch!« fuhr Westley ihn mit stechendem Blick an. »Eure Ohren werdet Ihr behalten, und ich sage Euch auch, warum. Jeder Schrei von jedem Kind, das Eure Häßlichkeit sieht, soll Euch in Erinnerung bleiben. Jedes Baby, das weint bei Eurem Anblick, jede Frau, die aufschreit ›Oh Gott, was für ein Ungeheuer‹ soll widerhallen in Euren perfekten Ohren. *Das* bedeutet bis zum Schmerz. Es bedeutet, daß ich Euch in Eurer Qual zurücklasse. Für immer und ewig sollt Ihr Euch in Eurem Wahnsinn winselnd wälzen.«

»Ich glaube, Ihr blufft«, sagte Humperdinck.

»Das ist möglich, Schwein«, erwiderte Westley, »Vielleicht bluffe ich. Es ist durchaus denkbar, du miserabler Kotzbrocken, daß ich hier nur deswegen liege, weil ich einfach nicht die Kraft habe zu stehen. Andererseits ist es natürlich genausogut möglich, daß ich doch noch genug Kraft habe.«

Und dann erhob sich Westley. Er stand vom Bett auf, zog seinen Degen und hielt ihn Humperdinck drohend entgegen. »Wirf deine Waffe hin!« herrschte er den Prinzen an.

Humperdinck schien einen kurzen Augenblick nachzudenken. Dann ließ er seine Waffe fallen.

»Setz dich«, befahl Westley und deutete auf einen Stuhl.

Humperdinck setzte sich eilig.

»Fessel ihn«, sagte Westley zu Buttercup, »binde ihn so fest du magst.«

Buttercup griff sich ein Seil und schnürte ihren Beinah-Gemahl so fest sie nur konnte an die Stuhllehne, als Iñigo zur Tür hereinkam.

»Wo ist Fezzik?« fragte er Westley.

»Keine Ahnung. Ich dachte, er wäre bei dir!«

»Nein«, Iñigo schüttelte den Kopf.

»Also dann . . .«, sagte Westley und stöhnte auf. Bevor er zu Boden stürzte, konnte er sich gerade noch am Bettpfosten festhalten.

»Helft ihm«, forderte Iñigo Buttercup auf.

»Warum braucht Westley Hilfe?«

»Weil er keine Kraft hat«, erklärte der Spanier.

»Ich wußte es, ich wußte, daß Ihr gebluft habt«, rief Humperdinck, und Triumph war in seiner Stimme. Iñigo setzte ihm den Degen auf die Brust.

»Soll ich ihn ins Jenseits befördern für dich?« fragte er Westley, der sich immer noch am Bettpfosten festhielt. Der schüttelte den Kopf und schaute den Prinzen voller Abscheu an.

172

»Danke, nein«, sagte er. »Ich schenke ihm das Leben. Was auch immer mit uns passiert, ich will, daß er noch lange mit seiner Feigheit leben muß.«

Plötzlich war Fezziks Stimme zu hören. »Iñigo«, schrie er von weit unten, »Iñigo, wo bist du?«

Westley, Iñigo und Buttercup traten ans Kammerfenster und schauten hinunter in den Schloßhof, wo Fezzik stand und zu ihnen hochblickte. Er hielt vier herrliche Schimmel am Zügel.

»Schau mal, Iñigo, was ich gefunden habe«, rief er. »Ich bin im Stall des Prinzen gewesen, und da standen die hier drin. Sind sie nicht wunderbar? Und da dachte ich, wir sind doch auch zu viert, wenn wir das Fräulein finden.«

Erst jetzt entdeckte er Buttercup am Fenster. »Hallo, Fräulein!« rief Fezzik und winkte ihr zu. Dann wandte er sich wieder an Iñigo: »Also hab ich sie mitgenommen. Falls wir uns zufällig mal treffen. Und ich schätze, das haben wir ja gerade.«

»Fezzik«, rief Iñigo lächelnd, »du hast völlig richtig gehandelt.«

»Keine Angst«, erwiderte der Riese, »ich werd schon nicht größenwahnsinnig.«

Und dann trag Buttercup aufs Fenstersims und sprang. In ihrem weißen Hochzeitskleid schwebte sie durch die Luft. Fast schien es so, als ginge eine riesige Sternschnuppe auf die Erde nieder, Buttercup schwebte und landete genau in Fezziks Armen, der sie sicher auffing.

Oben am Kammerfenster war Iñigo etwas nachdenklich geworden. »Weißt du«, sagte er zu Westley, »es ist ganz eigenartig. Ich war jetzt so lange im Rachegeschäft tätig, und nun, wo es vorbei ist, hab ich keine Ahnung, was ich mit meinem Leben anfangen soll.«

»Hast du schon mal an Piraterie gedacht?« fragte Westley und klopfte ihm auf die Schulter. »Du würdest einen fabelhaften grausamen Piraten Roberts abgeben!«

Dann sprangen beide auf die Schimmel, und zusammen mit Buttercup und Fezzik preschten sie zum Schloßtor hinaus.

Sie ritten in die Freiheit, und als die Morgenröte aufstieg, wußten Westley und Buttercup, da: sie in Sicherheit waren.

Eine Welle der Liebe rauschte über sie hinweg. Und als sie einander die Arme entgegenstreckten . . .«

Der Großvater ließ das Buch sinken.

»Was, was war da?« fragte der Junge.

»Ach, nichts weiter«, winkte der Großvater ab, »schon wieder Küssen, das willst du sowieso nicht hören.«

»Hm«, machte der Junge nachdenklich. Dann sagte er: »Ich glaube, das macht mir doch nicht soviel aus.«

»Okay«, sagte der Großvater und las weiter.

»Seit der Erfindung des Kusses hat es fünf Küsse gegeben, die als die leidenschaftlichsten und reinsten eingestuft wurden. Dieser zwischen Buttercup und Westley aber hat sie alle überflügelt. Ende.«

Der Großvater schlug das Buch zu und legte es zur Seite. Der Junge saß im Bett und schaute ihn mit großen, leuchtenden Augen an.

»Ich finde, du solltest jetzt schlafen«, sagte der Alte.

»Okay«, antwortete der Junge, legte sich hin und deckte sich zu.

Der Großvater erhob sich schwerfällig. Er ächzte

ein wenig, denn das lange Sitzen war ihm in die Knochen gefahren. Er setzte den Hut auf das struppige graue Haar und schlurfte müde zur Tür.

»Also, bis dann«, rief er dem Jungen zum Abschied zu.

»Opa . . .«, der Kleine richtete sich noch einmal im Bett auf, ». . . vielleicht kannst du morgen wieder vorbeikommen und es mir noch mal vorlesen?«

»Wie Ihr wünscht«, sagte der Großvater, und ein Lächeln ging über sein Gesicht. Zärtlich schaute er den Jungen an. »Wie Ihr wünscht.«

ENDE

Band 13 192
David Bischoff

Der Blob
**Deutsche
Erstveröffentlichung**

Eines Nachts bemerken ein paar Einwohner des kleinen Städtchens Morgan City in Colorado ein seltsames Licht am Himmel, das zur Erde stürzt. Sie glauben an einen harmlosen Meteor, doch es ist ein tödlicher Besucher aus dem All. Es ist der BLOB – und er ist hungrig.
Mit jedem Opfer, das der BLOB – eine widerliche Masse von gallertartigem Protoplasma – findet, wächst er und steigert sich sein Hunger zu einer unfaßbaren Gier. Die Menschen in Morgan City versuchen alles, um den BLOB zu vernichten. Aber was kann ihn stoppen?